Chris Offutt

Los cerros de la muerte

Traducción de Javier Lucini

sajalín editores

Título original: *The Killing Hills*
Publicado originalmente en 2021 en Estados Unidos por Grove Press

Copyright © 2021 by Chris Offutt

© de la traducción: Javier Lucini, 2021

© Sajalín editores S.L., 2021
    c/ Vilafranca, 44 - 08024 Barcelona
    info@sajalineditores.com
    www.sajalineditores.com

Primera edición: noviembre de 2021
Cuarta edición: mayo de 2024

Diseño gráfico: Sajalín editores
Imagen de la cubierta: National Archives and Records Administration (NARA)
© de la fotografía del autor: Sandy Dyas

Impresión: Imprenta Kadmos (Salamanca)

ISBN: 978-84-124152-0-9
Depósito legal: B. 16953-2021

Los cerros de la muerte

Para Jane Offutt Burns

La luz de la luna es más suave en Kentucky
Los días estivales abundan más en Kentucky
La amistad es más fuerte
La luz del amor, más duradera
Pero lo malo es siempre mucho peor en Kentucky

James Hilary Mulligan

Capítulo uno

El anciano recorría la colina con un garrote, apartando el podófilo y la hierba carnicera, en busca de ginseng. Crecía casi a ras del suelo, oculto por la maleza. El año anterior había encontrado varias plantas por aquella zona, un hábitat ideal debido a las pendientes orientadas al este, resguardadas del duro sol de la tarde. Los vestigios de un olmo podrido en las inmediaciones constituían otra buena señal. Se detuvo para recuperar el aliento. Tenía ochenta y un años, era el hombre más viejo de la comunidad; el único anciano, que él supiera.

La tierra estaba húmeda de rocío y de las ramas más altas pendían zarcillos de niebla. El ascenso y descenso de las aves matutinas llenaba el aire. En aquella zona abundaban las frondosas, árboles que le gustaban por su tamaño y su botín de frutos secos. Talados y seccionados, bastaban dos de aquellos árboles para mantener a una familia caliente todo el invierno.

Remontó la pendiente desde el fondo de una estrecha hondonada cubierta de helechos. Amarrado al cinturón, llevaba un morral lleno de plantas de ginseng con las raíces bifurcadas. De la más grande brotaban tres puntas, cada una le reportaría una buena suma. Había encontrado otras más pequeñas, pero las había dejado intactas en la tierra. Aún les faltaban uno o dos años de crecimiento, a no ser que algún rival diese antes con ellas. Tenía una pistola, una 38 de cañón corto. La precisión disminuía drásticamente a partir de cierta distancia, pero hacía un ruido infernal y la lucía siempre bien a la vista en el cinturón. Por lo general, su mera presencia bastaba para ahuyentar a cualquier miserable recolector furtivo.

Ascendió una cresta angosta, apartó una mata de hierba carnicera y se topó con un racimo de brillantes bayas rojas. Sintió una breve sacudida, la jubilosa sensación del descubrimiento que había experimentado por primera vez de niño, cuando salía a buscar ginseng con sus hermanos. Se agachó y cavó con cuidado para proteger la delicada raíz en caso de que fuese demasiado pequeña para la recolecta, como en efecto resultó ser. Decepcionado, memorizó la ubicación exacta para el año siguiente y registró los puntos de referencia: un roble centenario y un despeñadero revestido de un musgo aterciopelado, verde y rojo oxidado. Entonces algo captó su atención, un color o una forma que no debería estar ahí. Se quedó inmóvil y olfateó el aire. No percibió movimiento, así que descartó que se tratara de una serpiente. Podía haber sido un destello de luz sobre un viejo casquillo o una lata de cerveza. Cualquiera de las dos opciones —mal asunto— significaría que alguien más había estado merodeando por aquella remota hondonada.

Por curiosidad y sin miedo, se adentró en el bosque ligeramente encorvado, barriendo con la mirada de un lado a otro, como si buscara el rastro de una presa. El terreno parecía intacto. Se irguió para estirar la espalda y vio a una mujer tendida de forma desgarbada, con el cuerpo apoyado en un árbol, la cabeza colgando hacia abajo y el rostro volteado. Llevaba un vestido elegante. Se le habían quedado las piernas al aire y le faltaba un zapato. La ausencia de bragas le hizo dudar de una caída accidental. Se acercó y por las facciones pudo establecer su apellido.

Volvió junto a la planta de ginseng y se arrodilló en la marga. Perforó la tierra con su viejo cuchillo militar y removió la hoja hasta que pudo extraer la joven planta. El ginseng no se trasplantaba bien, pero mejor eso a dejarlo allí y que lo pisoteara toda la gente que se presentaría para retirar el cadáver. Era un bonito lugar para morir.

Capítulo dos

Mick Hardin se despertó por partes, consciente de cada sección del cuerpo por separado, como si lo hubieran desmontado y desechado. Yacía sobre un brazo que se le había quedado entumecido y hormigueante por las horas de presión contra el suelo. Movió las piernas para asegurarse de que seguían funcionándole y luego dejó vagar la mente. Unos cuantos pájaros habían irrumpido con su coro en el resplandor del amanecer. Al menos no lo había despertado una pesadilla. Solo pájaros sin otra cosa que hacer aún.

Más tarde volvió a despertarse con una acuciante sensación de sed. El sol se había alzado lo bastante como para disipar la línea de la arboleda y lastimarle los ojos. El esfuerzo para darse la vuelta requería una energía que lo eludía. Estaba fuera, había dormido en el bosque, con un poco de suerte no muy lejos de la cabaña de su abuelo. Se obligó a sentarse y gimió ante el intenso dolor que sintió en el cráneo. Notaba la cara tensa, como si se la hubiesen estirado sobre un bastidor. A su lado, tres piedras formaban una pequeña fogata junto a dos botellas vacías de bourbon. Mejor el bosque que la ciudad, se dijo. Mejor los montes que el desierto. Mejor la tierra arcillosa que la arena.

Caminó despacio hacia el aljibe que había en la esquina de la vieja cabaña de troncos partidos y barrió la capa de insectos muertos que cubría la superficie del agua. Ahuecando las manos, bebió del aljibe y el líquido frío le anestesió la boca. Había leído algo a propósito de un científico que hablaba con el agua, luego la congelaba y examinaba los cristales; por lo visto cambiaban según lo que hubiese dicho. Las palabras amables pronunciadas en un tono suave generaban cristales más bonitos. La idea sonaba descabellada, pero quizá fuese verdad. Los humanos eran agua en un sesenta por ciento y Mick pensó que probarlo no le haría ningún daño. En cualquier caso, nada podía ser peor que aquel dolor de cabeza. Sumergió la cabeza en el agua y habló.

Cuando necesitó respirar, la sacó para tomar aire, luego volvió a sumergirla y continuó hablando. Había pasado la noche contándose historias horribles sobre su pasado, su presente y su futuro, un sistema circular que no había hecho sino confirmar la lamentable conciencia que tenía de sí mismo, algo de lo que solo podía evadirse recurriendo al alcohol, lo que daba pábulo a nuevas elucubraciones. Ahora se esforzaba por encontrar cosas nobles que decir sobre sí mismo. Al hablar, las burbujas ascendían a la superficie y percibía un sabor a tierra.

La tercera vez que emergió para tomar aire, Mick vio un vehículo por el rabillo del ojo y supuso que serían imaginaciones suyas. Se enjugó el agua de los párpados. El coche grande seguía allí y, lo que era peor, parecía haber un ser humano acercándose a la cabaña. Pero lo peor de todo era que se trataba de su hermana, con el uniforme oficial de sheriff. Y, para colmo, se estaba riendo.

—¿Qué quieres? —dijo Mick.

—Oh —dijo Linda—, solo venía a revisar tu higiene, en general. Por lo que se ve, te bañas con regularidad. Un baño de bichos, como lo llamaba el abuelo. ¿Cómo estás?

—Como si me hubiese pasado una apisonadora por encima.

—Al menos tienes la cabeza fresca.

Mick asintió y el movimiento le provocó punzadas de dolor por todo el cuerpo. La cabeza era como la parte superior de un tambor tensado tornillo a tornillo hasta tal punto que la menor presión podía desgarrarle la piel. Se había excedido, desde luego.

—Café —dijo—. ¿Te apetece?

Entró en la casa con el agua chorreándole por el torso y la camisa de trabajo azul claro de cambray. Rellenó con posos una cafetera ennegrecida, la colocó sobre un hornillo de cámping (una bombona de propano con aletas estabilizadoras) y prendió la llama. Linda comprobó si había bichos en la jarra de estaño.

—¿De dónde ha salido esta agua? —preguntó.

—Del pozo del abuelo.

—¿Cuánto tiempo piensas seguir viviendo aquí?

—Voy a cambiarme.

Linda asintió, un único movimiento brusco que utilizaba con casi todos los hombres. Cada cual tenía sus costumbres, sus rutinas. Las de Mick eran peculiares, producto de haber vivido con su abuelo en aquella cabaña cuando era pequeño, y de catorce años en el ejército. Había sido paracaidista y luego se había unido a la División de Investigación Criminal y se había especializado en homicidios.

Linda se paseó lánguidamente por la estancia principal como si el propio espacio volviera el tiempo obsoleto y ralentizara sus movimientos. Una estantería hecha a mano y atornillada a la pared alojaba los tesoros de la infancia de Mick: un trilobite, una pluma rayada de cárabo, una rana toro momificada que se había encontrado en una cueva no muy profunda. Una piedra con tres franjas horizontales que semejaba una hamburguesa cortada por la mitad. Cuando Linda era pequeña, el abuelo a veces la arropaba con mantas y fingía que iba a darle un bocado: «Una ración de luz de luna», decía. Linda sonrió al recordarlo.

Salió de la cabaña y avanzó por un sendero hasta llegar a la pasarela de madera que cruzaba el arroyo y conducía al siguiente cerro. En algún momento de su infancia, Mick y ella levantaron estructuras muy elaboradas con palos y hojas junto a la corriente, imaginándose que se trataba de una ciudad ribereña con un molino, familias ricas, calles anchas, un hotel y un cine. Luego fueron a sentarse al puente y lo destruyeron todo a pedradas desde arriba, entusiasmándose cada vez que acertaban de lleno. Aquel juego figuraba entre sus más preciados recuerdos, pero, ahora, al volver a sentarse allí, Linda se dio cuenta de que ya entonces había marcado una clara diferencia entre ellos. A ella le gustó crear la ciudad, a Mick destruirla.

Mick llegó con el café y se sentó a su lado al borde del puente, con las piernas colgando. Como de costumbre, esperó a que su hermana hablara, sabiendo que no tardaría en hacerlo.

—De niños, parecía que el arroyo estaba mucho más lejos —dijo Linda.

—Puede que añadiésemos medio metro a su cauce, con todas las piedras que tiramos.

—Justo estaba pensando en eso.

—Lo sé.

—¿Así que eres capaz de leerme la mente? —dijo ella.

—Sentarse aquí y recordar es lo único que se puede hacer.

—¿Tanto te gusta el pasado?

—Últimamente no creas —dijo él.

—¿Qué es esto? ¿Una movida del TEPT?*

—Ahora mismo un resacón del carajo.

—¿Crees que tienes TEPT? —dijo ella.

—Es probable. Papá lo tuvo. Y el abuelo también. —Sopló en su taza y le dio un sorbo—. No te preocupes, no presento ningún síntoma de TEPT.

—¿Cómo cuál?

—Como la negación, por ejemplo.

Lo miró de reojo, tratando de mostrarse circunspecta pero sabiendo que a él no se le escapaba nada, ni una puñetera cosa, incluso con resaca. Su extraordinario estado de alerta le hacía la vida difícil a todo el mundo, sobre todo a sí mismo. Decidió no sacar el tema de su mujer embarazada.

—¿Estás pensando en Peggy? —dijo él.

—¿Cómo demonios lo sabes?

—Es lo más lógico, ¿no? Pero no has venido por eso, ¿verdad?

—No, la verdad es que no. Pero ya que eres tan bueno adivinando cosas, a ver si lo aciertas.

—Muy fácil, hermanita. Te presentas de uniforme en el vehículo del condado y luego te pones a remolonear. Algo quieres.

—Hay que joderse.

Mick asintió, divertido. Adoraba a su hermana, sobre todo su lenguaje soez. Había sido la primera chica del condado en jugar en la liga infantil de béisbol y la primera ayudante de sheriff de sexo femenino. Ahora era la sheriff.

—Tengo un cadáver —dijo.

—Pues entiérralo.

—Me quieren fuera.

* Trastorno de estrés postraumático. (*Todas las notas son del traductor.*)

19

—¿Quién te quiere fuera de qué?

—Los gerifaltes del pueblo —dijo—. El alcalde quiere que se ocupe la policía de Rocksalt para ponerse la medalla cuando lleguen las elecciones. El juez del condado ha dicho que en cincuenta años no ha habido nadie de nuestra familia que le haya dado buen fario. Prefiere que la investigación corra a cuenta de la policía estatal. La soplapollez de la jurisdicción. Me cabrea. El verdadero motivo es que se les atraganta que el sheriff sea una mujer.

—¿Y qué? No tienen ninguna autoridad sobre ti.

—No, pero le rinden cuentas a Murvil Knox, un empresario del carbón de altos vuelos. Escurridizo como un trozo de sandía. Cada vez que hay elecciones financia a los dos bandos, así siempre le deben algo, no importa quién gane. Esta mañana, a primera hora tuve una reunión con ellos. Fue un horror. Parecían tres gallitos encopetados. Da asco ver cómo se comportan los hombres cuando se juntan.

—Que les den por culo.

Contemplaron el arroyo. Una brisa agitó las hojas del álamo, grandes como manos girando las palmas al viento.

—Aquí nunca ha habido un asesinato así —dijo Linda.

—¿Así cómo, hermanita?

—Siempre que ha aparecido un cadáver en el condado de Eldridge la mayoría de la gente sabía quién era el autor. Por lo general, un vecino, un clan o las drogas. Lo mismo dos borrachos que discutían por un perro. Esto es diferente. Todo el mundo la quería. Vivía honestamente, no tenía enemigos y no se mezclaba con mala gente.

—Todo apunta a que ha sido un hombre.

—Estoy de acuerdo. Tú eres investigador de homicidios. Conoces los cerros mejor que yo. La gente hablará contigo.

—¿Me estás pidiendo ayuda?

—Y una mierda —dijo ella.

Él asintió, sonriendo.

—¿Qué tienes? —le preguntó.

—Una viuda de cuarenta y tres años. En Choctaw Ridge. Cerca del cortafuegos, más allá de Clack Mountain. Veronica Johnson, más conocida como Nonnie. De soltera Turner. Su marido murió. Nonnie y su hijo se mudaron con su cuñada, que también se casó con un Johnson que no llegó a viejo.

—Ve a hablar con ellos. Averigua qué sabe el hijo.

—Ya lo hice. Está destrozado. Alguien se llevó a su madre al bosque y la tiró desde un cerro como si fuese basura.

—¿Cuándo ocurrió?

—Hace tres días —dijo ella.

—Ayer llovió y no paró hasta pasada la medianoche. No hay nada que ver en la escena. La lluvia habrá borrado todas las huellas. Por eso salí anoche de la cabaña.

—¿Te gusta beber bourbon y dormir bajo la lluvia?

—Sí.

—¿Por qué?

—Porque en Irak, Afganistán y Siria no pude hacerlo. No había bourbon. Ni lluvia.

Linda se dirigió a su coche y regresó con un sobre manila sellado con la insignia oficial del condado. Mick asintió, una costumbre que ella reconoció de su abuelo. Cuando el abuelo y Mick se juntaban en la misma habitación, asentían más que esos perritos de cabeza bamboleante que la gente ponía en las ventanillas traseras de los coches. Odiaba verse atrapada en un semáforo detrás de uno.

Linda le entregó el sobre.

—Fotos de la escena del crimen —dijo.

—¿Quién encontró el cadáver?

—El señor Tucker. Lo conoces.

—¿El conserje del colegio? Creía que había muerto.

—Poco le falta. Su esposa está enferma. Cuidar de ella es lo que le mantiene vivo.

Mick estudió las fotografías una a una, sin prisas. Al acabar, apartó las del cadáver y recopiló las del camino de tierra. Las desplegó sobre el suelo del puente cubierto de musgo y comenzó a moverlas como si buscara una secuencia. A Linda le gustaba esa faceta suya, la concentración que era capaz de desplegar, la intensidad de su atención. La había visto en jugadores de billar, en cazadores con arco y en programadores informáticos.

—¿Qué puedes decirme? —preguntó.

Cuando Mick habló, su voz había adquirido un tono diferente, más pausado y distanciado, como si hablara a través de un cristal.

—Hay siete juegos distintos de huellas. El primer coche era el del asesino, los otros pasaron por encima. ¿Quién estuvo allí arriba?

—Yo. Un ayudante del sheriff. Una ambulancia. El forense del condado. Uno del departamento de pesca y vida salvaje. Y un vecino que se acercó a ver qué era todo aquel alboroto.

—¿Quién?

—Cabronazo Barney.

—¿Hablaste con él?

—No, llevo toda la semana en el juzgado. Un movidón que no veas. Un par de drogatas que tenían a su abuelita viviendo en un cobertizo mientras utilizaban su casa para cocinar meta. Todavía no he tenido tiempo de localizar a Cabronazo Barney. Se supone que vive con su madre. La llamé y no me lo cogió.

—Iré a verla.

—Te lo agradezco —dijo ella.

—No lo hago por ti.

—¿Entonces por quién? ¿Por Nonnie?

—No, por el tío que la mató.

—No lo entiendo —dijo ella.

—Ya sabes lo que hará la familia de Nonnie. Alguno de esos muchachos le pegará un tiro al asesino y acabará entre rejas.

—¿Vas a intentar que no metan a un desconocido en la cárcel?

Nick bajó la mirada hacia el lecho del arroyo que se extendía a sus pies y observó a un saltamontes longicornio que estaba mordisqueando una brizna de hierba. Su voz volvió a adquirir un tono distante, como el de una campana de iglesia resonando a lo largo de un extenso valle.

—No quiero que maten a nadie más —dijo—. Ya he tenido más que suficiente en el extranjero. Si puedo impedirlo, lo haré.

Aunque conocía bien a su hermano, Linda no tenía ni idea de lo que había vivido en el desierto. Como los demás hombres de su familia, nunca hablaba de sus experiencias en la guerra.

Mick se levantó y le tendió una mano. Ella la ignoró y regresaron a la cabaña. Una enredadera de Virginia cubría toda la pared occidental con unas ramas del grosor del cañón de una pistola.

—Eso no puede ser bueno para la madera —dijo ella.

—Es peor en la parte de atrás.

—Hazme un favor. Por una vez, lleva el móvil encima. Te he llamado cuatro veces.

Mick asintió. Linda lo observó subir los toscos escalones del porche, reprimiendo el impulso de preguntarle por su matrimonio. No tenía sentido contrariarlo después de que hubiese accedido a ayudar.

Capítulo tres

Mick se tomó cuatro ibuprofenos, se bebió un litro de agua y volvió a salir; al cerrar empujó la deformada puerta mosquitera para asegurarse de que quedara bien trabada. Tras años de reparaciones parecía una vieja colcha, remendada con cordeles, trozos de alambre y el bolsillo de unos vaqueros. El bisabuelo de Mick había construido aquella cabaña de cuatro estancias con sus propias manos, una construcción sólida con esquinas que aún aguantaban, paredes a plomo y un suelo perfectamente nivelado. Había elegido aquel emplazamiento exclusivamente por lo abrupto del terreno. Los cerros eran demasiado escarpados y las hondonadas demasiado estrechas para la tala. Cuando Mick tenía nueve años, su padre murió y se mudó a la cabaña del abuelo, que también estaba al cuidado de su anciano padre. Linda se quedó en el pueblo con su madre. Los dos ancianos enseñaron a Mick todo lo que sabían sobre el bosque, una sabiduría que se remontaba a los tiempos de la Gran Depresión.

Encontró su teléfono móvil en la camioneta. Cuatro mensajes de su hermana. Ninguna llamada de su mujer. Tres perdidas de un número que identificó como el de la base militar en Alemania. El dolor de cabeza había remitido hasta convertirse en un sordo latido y hubiese dado lo que fuera por meterse en la cama. Pero, en lugar de eso, se dirigió a Choctaw Ridge en la vieja camioneta de su abuelo, una Chevrolet *stepside* de 1963. Si más tarde se sentía con fuerzas, iría a ver a su mujer.

Mick condujo hasta la gasolinera más cercana, un negocio familiar que quedaba a veinte kilómetros de la cabaña. Conocía a los Haney de toda la vida. Ahora la llevaba uno de los nietos, o puede que fuera un bisnieto; todas las generaciones se parecían: un torso fornido con unos hombros que parecían repisas de chimenea, brazos poderosos y piernas robustas. Sus cabezas eran más redondas que alargadas. Todos tenían una expresión rubicunda y la misma mata de pelo revuelto que nacía rojo para enseguida volverse gris y finalmente blanco. De niño, Mick había conocido al patriarca, un hombre de pelo color nieve que se hacía llamar Red. Aparcó en el solar de hormigón, bajo el cartel pintado a mano que decía BIBLIAS Y NEUMÁTICOS HANEY.

La versión más reciente se acercó al vehículo.

—Conozco esta camioneta —dijo—. Hardin, ¿no es así?

—Sí, yo soy Mick. ¿Tú cuál eres?

—Joe.

—¿Joe el Grande o el Pequeño?

—Ninguno de los dos. Esos son mis primos. A mí me llaman Joe el Mediano. ¿Vienes a por neumáticos, a por gasolina o a por una biblia? Cualquiera de las tres cosas te conducirá a donde necesites llegar.

—Llénamelo de la normal. Tengo que subir un cerro embarrado. ¿No tendrás algo de chatarra por ahí para lastrar la parte de atrás?

—Tengo un bloque de motor Ford que pesa cerca de doscientos treinta kilos.

—¿Cuánto quieres por él?

—¿Cuánto me ofreces?

Joe el Mediano dejó asomar un esbozo de sonrisa socarrona mientras desenroscaba el tapón del depósito e introducía la boquilla. Mick asintió. Había echado de menos la cultura del trueque de las montañas. Aquellas prolongadas negociaciones ofrecían a los hombres la oportunidad de mostrar sus conocimientos sin resultar presuntuosos. Su abuelo podía llevar una navaja barata a una de esas sesiones de canje y volver a casa con una res.

—Te doy treinta dólares —dijo Mick.

Joe el Mediano entrecerró los ojos como si le doliera algo, prolongando el silencio en espera de que Mick mejorara la oferta. Mick no se dio por aludido y se dedicó a retirar las hojas muertas y las ramitas de la pequeña ranura donde se alojaban los limpiaparabrisas, y a lustrar el espejo lateral con el faldón de la camisa.

—El bloque del motor es bastante pesado —dijo Joe el Mediano—. No se pondrá a dar bandazos ahí atrás.

—Me valdrá seguro.

—Es tuyo por ciento veinticinco.

—Imposible —dijo Mick.

—Por cincuenta tengo ejes y una estufa de leña rota. De hierro. Pero tendrás que subirlos tú solo a la camioneta.

—¿Qué tal setenta y cinco y me ayudas a cargar el bloque?

Joe el Mediano terminó de llenar el depósito.

—Cien —dijo.

—Noventa.

—Está bien, pero no vayas por ahí diciendo que me despellejaste vivo.

—Descuida.

La rapidez con que Joe el Mediano había aceptado el precio significaba que se había salido con la suya, un hecho que su petición de que Mick no dijera nada no hizo sino confirmar. Lo estaba protegiendo de la humillación pública después de haberse aprovechado de él. Así se hacían las cosas en las montañas. La gente cuidaba de sus vecinos, incluso en caso de disputa.

Media hora más tarde, Mick se marchó con la ballesta de la suspensión casi plana por el peso. Había sudado la ropa al cargar el motor y se sentía un poco mejor. Le costaba un poco acelerar, pero estaba convencido de que lograría subir por el cortafuegos enfangado. Para ir a Choctaw, avanzó casi hasta el pueblo para dar la vuelta junto al arroyo Lick Fork. Conducía pensando en su hermana. Era una Hardin en toda regla, tozuda y resistente; sin lugar a dudas, su indirecta petición de ayuda había sido un duro golpe para su orgullo. Haría lo que pudiera. Linda había iniciado su carrera en las fuerzas del orden como operadora de la centralita de la comisaría de Rocksalt. A los cinco años, denunciaron al ayudante del sheriff por acosar sexualmente a algunas ciudadanas. Dimitió y le ofrecieron el puesto a Linda para que los políticos de turno quedasen bien de cara a la galería. Luego, hacía apenas cuatro meses, el sheriff murió de una apoplejía mientras pescaba en el río Licking y la ascendieron.

Mick salió del asfalto para tomar un camino de tierra de un solo carril que ascendía y descendía siguiendo los desniveles del terreno. Los helechos se balanceaban junto a los socavones embarrados en las zonas más bajas, mientras que en los tramos más altos proliferaban la hierba gallinera y las uchuvas. Era fácil saltarse el cortafuegos, así que aminoró la marcha, atento a cualquier pequeño hueco entre los árboles, no al inicio de un camino, tal y como le había enseñado su abuelo. Buscar interfería con la facultad de encontrar. «No busques setas, busca el lugar donde crecen. Por la noche no intentes localizar el rastro de un animal, limítate a caminar por donde no haya árboles. Trata siempre de distinguir las formas y los colores, nunca una cosa concreta.»

Aquella forma de pensar le había sido muy útil en la División de Investigación Criminal. Mick llevaba a cabo sus investigaciones del mismo modo en que su abuelo se manejaba en el bosque: abierto a todo, observando lo que tenía delante y utilizando la información para ampliar su visión. Las nueces de las frondosas atraían a las ardillas, que eran vulnerables a las serpientes que se enroscaban entre la maleza. Antes de recoger nueces, su abuelo removía siempre la maleza con un palo largo para espantar a las serpientes. Casi todas las mordeduras se producían en las manos y los pies. El abuelo decía que lo mismo pasaba con las personas. Mick no lo había entendido hasta que registrando casas en Irak, tres compañeros recibieron disparos del enemigo en la mano.

Al final del cortafuegos examinó los profundos surcos rebosantes de barro arcilloso. Si maniobraba con cuidado, podría sortear los socavones y ascender por la empinada pendiente. La conducción era imprecisa porque los neumáticos resbalaban, pero la tracción que proporcionaba el peso del motor Ford en la plataforma hizo su trabajo. Una vez arriba, se detuvo a cierta distancia del revoltijo de huellas de neumáticos, convertido en un lodazal por la lluvia.

El barro le succionaba las botas a cada paso mientras avanzaba hasta el borde del desnivel y descendía la ladera hasta llegar a una pequeña cornisa. Se sacó del bolsillo las fotografías de la escena del crimen y se situó para coincidir con la perspectiva de la cámara. El cadáver había quedado tendido en un ángulo de treinta grados con respecto a la superficie de la ladera, apoyado en un olmo imponente, uno de los pocos que había sobrevivido en aquellos montes. Después de haber sido pateadas por los paramédicos y las fuerzas del orden, las hojas caídas mostraban su cara oscura.

Mick se puso en cuclillas y estudió el terreno, sirviéndose ocasionalmente de un palo para apartar la maleza. Encontró dos plumas de pavo y un alijo de nueces olvidadas por una ardilla. Volvió al lugar donde había aparecido el cadáver y miró hacia la ladera. Se veía una acacia junto a un cornejo. Memorizó su posición y, acto seguido, emprendió el ascenso hasta llegar a los dos árboles. Si la arrojaron desde la cima, murió cerca de donde él se hallaba en aquel instante. La belleza del lugar no se había visto alterada por la muerte. La naturaleza estaba acostumbrada a ella.

Condujo de vuelta al pueblo y se detuvo en un 24 horas para comprar pan de molde, un bote de jamón triturado con especias y unas cuantas latas de sopa. En la minúscula sección de ferretería había cajas de plástico con clavos que se doblaban al primer martillazo, un surtido de tornillos y tuercas que se partían en cuanto apretabas un poco, y carretes de un alambre tan fino que podías cortarlo con los dientes. Los precios eran altos y Mick se preguntó si el factor práctico de aquellas tiendas estaba destinado a los ricos poco duchos en reparaciones básicas. Se dio cuenta de que pensar así significaba que empezaba a encontrarse un poco mejor. El dolor de cabeza había desaparecido. Volvió a la cabaña para echarse una siesta.

Capítulo cuatro

Cuando anocheció, Mick se dirigió al pueblo, tomó la calle Segunda en dirección oeste y giró en la avenida Bays. Situado en una parte más antigua de Rocksalt, aquel vecindario era sobre todo residencial, con algunos alquileres para estudiantes. La luz encendida de algún porche. El parpadeo azul de los televisores a través de unas cuantas ventanas. Pequeñas bicicletas descansando en los patios delanteros.

Aparcó bajo las ramas oscilantes de un sauce llorón, el árbol favorito de su mujer y un factor decisivo a la hora de adquirir la casa. Desde dentro, Peggy y él podían ver cómo se mecían sus hojas con la más leve brisa. Ahora, metido bajo la ondulante carpa de ramas del sauce, observó la casa, dos ventanas iluminadas y una sombra esporádica que revelaba una presencia: su mujer.

Durante sus primeros años de servicio, exploraron Europa juntos, viajaron en tren a pequeñas poblaciones costeras, degustaron la comida local y bebieron vino en los bares. Ella tenía diecinueve años y él veinte. Su vida en común irradiaba un aire de aventura, pero la constante transitoriedad de la vida militar hacía que a Peggy le resultara difícil encontrar un empleo decente. Debido a su timidez de pueblerina, era incapaz de entablar amistad con las demás esposas, un vínculo vital para las familias de los militares. Mick solicitó un destino fijo y lo trasladaron a Garrison Baumholder, en Alemania. El plazo de espera para obtener alojamiento era de tres semanas. Y durante ese tiempo se alojaron en el Lagerhof Inn, un hotel militar. Tras una discusión de cinco días, decidieron comprar una casa en Kentucky en la que ella pudiera vivir durante todo el año.

Peggy era más feliz en Rocksalt y Mick se alegraba de que así fuera. En la base la echaba de menos, pero el tiempo que pasaban juntos en Estados Unidos era siempre alegre y distendido. Sus permisos en Kentucky adquirían un cariz romántico similar al de cuando se habían conocido. Organizaban elaboradas citas en Lexington o reservaban tiempo para darse paseos en coche con un par de bocadillos, un cartón de seis cervezas y sillas plegables. Contemplaban las puestas de sol en el lago Cave Run.

Su nueva vida marchaba bien a través de mensajes de texto y llamadas telefónicas. Probaron con las videollamadas, pero no les gustó. Debido a la diferencia horaria de nueve horas, uno de los dos siempre estaba cansado y hablaba sumido en la oscuridad. El último invierno, Peggy consiguió un puesto en la ferretería Lowe's de Mount Sterling, a cuarenta minutos en coche de casa. Y en las llamadas telefónicas mostró una nueva confianza en sí misma y unas ganas de reír que hicieron las delicias de Mick.

Durante ocho meses seguidos, Mick estuvo investigando un asesinato en Siria, un asesinato con violación en un cuartel de Grafenwoehr, Alemania, y dos homicidios en una base de operaciones avanzadas en Afganistán. La comunicación con Peggy empezó a deteriorarse: correos electrónicos más breves, intervalos más largos entre los mensajes de texto y menos llamadas. Mick lo achacaba a sus jornadas de doce horas y a la falta de cobertura. Resolvió los casos y regresó a la base de Alemania. Para entonces llevaba seis semanas sin contactar con su mujer.

Siguiendo la costumbre ancestral de las hermanas de todo el mundo, Linda mandó un mensaje a Mick para que llamara a Peggy. Él lo hizo, pero ella no contestó ni dio señales de vida. Entonces llamó a Linda y su hermana le dio la noticia: Peggy estaba embarazada e iba a dar a luz en breve. Mick se quedó de pie en el desolado apartamento que le habían asignado provisionalmente y efectuó un rápido cálculo mental. Las cuentas coincidían con su última visita a Kentucky.

—Mick —dijo su hermana—. Hola. ¿Sigues ahí?

—Sí. ¿Cómo te sientes al ser casi tía?

—Tienes que hablar con ella.

—No responde a mis llamadas. Ni mensajes de texto, nada.

—Creo que está asustada. No quiere molestarte a menos que sea importante.

Mick dio por terminada la conferencia y solicitó a su oficial al mando un permiso por emergencia familiar. Al día siguiente, reservó un vuelo al aeropuerto Bluegrass de Lexington. Un taxi lo dejó frente a su casa y se plantó en el camino de acceso con su maleta, contento de estar de vuelta. La casa tenía buen aspecto, pero había que limpiar los canalones del tejado. Peggy salió al porche con un pantalón de chándal y una camiseta holgada que le cubría la ensanchada cintura. Se apoyó en la jamba de la puerta como si estuviera agotada. Nunca había tenido un pelo tan lustroso y abundante. Tras un breve abrazo, torpe a causa de su panza, Peggy se retiró al sofá.

—Estás estupenda —dijo Mick—. Te favorece.

—No consigo sentirme cómoda. No paro de mear.

—Ojalá pudiera hacer algo para ayudarte.

—Nadie puede.

Peggy modificó su postura, como si algo le doliese. Mick dulcificó el tono de voz para mitigar su sufrimiento.

—¿Cuándo sales de cuentas? —dijo.

—Oficialmente, en dos semanas. Podrían ser tres días o tres semanas. El primero a veces se retrasa. Solo quiero que salga ya.

—¿Por qué no me dijiste nada?

Ella lo miró fugazmente y luego clavó la vista en la alfombra que había heredado de su abuela. Era como si los separara un río. Su respuesta tardó demasiado en llegar y la experiencia en interrogatorios de Mick se activó. Algo iba mal.

—Peggy —dijo a media voz—. ¿Por qué no me dijiste nada?

—No quería preocuparte. No quería que volvieras a casa disgustado.

Lo dijo a toda prisa y sin mirarlo.

—¿Algo más? —quiso saber él.

—Sí, Mick. He cometido un error. Lo siento.

—Está bien.

—No, no lo está.

—La gente tiene hijos todo el tiempo —dijo—. Podremos con ello.

—Puede que no sea tuyo.

—¿Cómo? —dijo él—. ¿Qué estás diciendo?

—No sé si tú eres el padre, Mick.

Mick se sintió como si lo hubieran rociado con queroseno y prendido fuego. Notó un vacío abrupto en las entrañas. La situación era simple, pero no alcanzaba a asimilar del todo que tuviera que ver con él, con ellos dos. Ese tipo de cosas les sucedían a otras personas. Quiso volver a subirse a un avión con destino a Alemania. Pero se sentó y se quedó inmóvil, intentando tranquilizarse.

—Cuéntamelo todo —dijo.

Peggy se señaló el vientre.

—Esto es todo —dijo.

—Háblame —insistió él.

—Hablarlo no va a cambiar nada.

Peggy recorrió la habitación con la mirada, como si buscara algo específico, un lugar donde posar la vista, una vía de escape. Él esperó, acomodando deliberadamente su postura en la silla. Se hundió todo lo que pudo, tratando de situar su cabeza por debajo de la de ella, un viejo truco para ceder dominio social. No dio resultado. Ella estaba despatarrada en el sofá, que ya de por sí estaba más cerca del suelo que la silla. Mick se incorporó. En el aeropuerto de Lexington se había duchado y se había puesto la ropa que sabía que a ella le gustaba, unos vaqueros Lee, no Levi's, y una camisa azul claro de manga corta. Ahora se sentía estúpido por haber tenido en cuenta sus preferencias. Si su matrimonio era tan nefasto, se preguntó en cuántas otras cosas se estaría engañando a sí mismo.

Se metió en el cuarto de baño y escudriñó instintivamente por todas partes en busca del rastro de un hombre: una maquinilla de afeitar recién usada, desodorante, un cepillo de dientes. No había nada, pero ella podía haberlo recogido. Se echó agua fría en la cara y volvió al salón. Peggy se había movido para acomodarse con un cojín extra y había apoyado los pies descalzos sobre un taburete. Tenía los tobillos hinchados.

—Volveré en veinte minutos —dijo.

Fue en coche hasta una farmacia y compró un test de paternidad. Se frotó el interior de la boca con un bastoncillo, luego lo introdujo con cuidado en el tubo de plástico y regresó a casa. Peggy había vuelto a cambiar de postura y estaba enfrascada en un juego del móvil. Mick dejó el test sobre la mesa baja.

—Toma —dijo—. Mi ADN ya está ahí. Dile a tu médico que te saque sangre y luego lo envías.

—¿Qué?

—Quiero averiguar si el bebé es mío. FedEx vendrá a recoger el paquete. Tarda más o menos una semana.

Se dio la vuelta para marcharse.

—¿A dónde vas? —dijo ella.

—A la cabaña del abuelo.

Salió, quiso dar un portazo, pero cerró con calma para no sobresaltarla. Se dirigió a una bodega situada en una antigua estación ferroviaria de carga. Siempre había preferido el Best Chance, un negocio atendido por los familiares de un antiguo contrabandista, un hombre enorme llamado Beanpole. Compró una caja de botellas de bourbon y llamó a un taxi. El taxista intentó conversar pero, al ver la cara de Mick por el espejo retrovisor, desistió. En el límite del condado dejó a Mick junto a un camino de tierra, poco más que un par de surcos cubiertos de maleza. Mick cargó con la caja a lo largo de tres kilómetros y descansó. Deseó tener su petate. Deseó no haber vuelto a casa. Subió la loma hasta la cabaña y se bebió una botella. Se pasó los siguientes nueve días bebiendo, hasta que apareció su hermana en busca de ayuda.

Ahora estaba sentado en la vieja camioneta junto al sauce, preguntándose cómo proceder. Si se plantaba en el porche, ¿debía llamar a la puerta? ¿Debía telefonear antes? ¿Querría verlo? Estaba sola, metida en un lío, y necesitaba un amigo. La lealtad le hacía ser un buen soldado, un buen hermano y un buen marido, pero no había un rumbo claro por donde avanzar. Se encontraba en terreno pantanoso. En numerosas ocasiones había entrado en edificios desconocidos sabiendo que dentro había hombres que querían matarlo. Llevaba un chaleco antibalas y tres armas, munición de reserva, una consola de radiocomunicación y vendajes israelíes de combate.* Ahora estaba acechando su propia casa, desprotegido y asustado.

Pasó un coche despacio, que giró al llegar a la esquina trazando una curva muy amplia, como si lo condujera una persona mayor o un adolescente con el permiso recién adquirido. Un hombre paseaba a un perro diminuto con una correa. Mick recordó cuando compraron la casa. No podían haber sido más felices pintando las paredes juntos, él con el rodillo y ella con una brocha. Renovaron las cañerías del cuarto de baño, lo cual resultó más sencillo de lo que había pensado, no es que fuera fácil, pero con la física no había vuelta de hoja: agua limpia dentro y agua sucia fuera, la gravedad se encargaba de la mayor parte del trabajo.

La amaba. La amaría siempre. Nunca había conocido a una mujer que le gustara tanto, ni que le pareciera más guapa. Cuando hacían el amor, la cara de Peggy se tornaba eufórica, estrechaba la boca y abría los ojos como si estuviese drogada. Eso era lo que le disgustaba. No el sexo ni el bebé que crecía en su vientre, sino la flagrante injusticia de que otro hombre hubiese visto la expresión de su rostro en aquellos trances.

Decidió cruzar por el césped, dar un par de toques a la puerta, entrar y abrazarla. Pero en cuanto puso la mano en la manija de la puerta de la camioneta, le invadió un miedo más profundo

---

* Bautizados así por el ejército estadounidense, se trata de unos kits de emergencia pensados para detener hemorragias causadas por heridas traumáticas sobre el terreno. Fueron inventados por el médico militar israelí Bernard Bar-Natan.

que cualquiera de los que había experimentado en combate. Giró la llave de contacto, encendió el motor y puso rumbo a la cabaña. Durante horas permaneció tumbado en el estrecho catre deseando tener a mano una botella de bourbon. Había oído que el tiempo cura todas las heridas, pero sabía que era mentira. El tiempo no curaba nada, te hacía olvidar. El bourbon aceleraba el proceso. El sueño lo eludió hasta que se imaginó tumbado en su propia cama, en su propia casa, junto a Peggy.

Capítulo cinco

Shifty Kissick hacía la cama todas las mañanas, poniendo especial cuidado en que las almohadas no se superpusieran, no fuera a ser que esa imagen resultara demasiado evocadora de conducta sexual. Aunque su marido llevaba muerto casi diez años, seguía manteniendo esa costumbre. Tenía cinco hijos mayores, incluida una hija que se había mudado a Michigan cuando su marido consiguió un trabajo en una fábrica de la Ford. La familia visitaba a Shifty una vez al año, y a ella le resultaba incomprensible que sus nietos se negaran a salir de casa. Preferían sentarse en el sofá y mirarse unos a otros mientras jugaban, por turnos, con diminutas pantallas planas.

Durante la última visita, Shifty había colocado unos manojos de hierba en tres tarros y había perforado las tapas. Con galletas a modo de soborno, reunió a sus nietos en el exterior al anochecer, cogió una luciérnaga, la metió en uno de los tarros y se la dio a la más pequeña. Los dos mayores empezaron a perseguir a los erráticos bichos por el patio y Shifty recordó haber visto a sus hijos hacer lo mismo. Cuando el extremo trasero de la luciérnaga se puso a brillar, sus hijos se lo arrancaron y se untaron la cara de bioluminiscencia. Entonces la persiguieron dando saltos en la oscuridad y ella fingió asustarse. Era un grato recuerdo y esperaba que sus nietos intentaran hacer lo mismo. Para animarlos, Shifty exprimió la brillante sustancia verde en sus dedos y se frotó la nariz con gesto remilgado. Los niños soltaron inmediatamente sus luciérnagas y huyeron hacia la casa. Uno de los mayores lloraba. «Es un ser vivo —dijo—. Has matado a un ser vivo.»

El niño se pasó el día entero sin confiar en su abuela y luego lo olvidó, pero Shifty ya nunca volvió a confiar en su nieto. Estaba molesta con su hija por haber criado a semejante prole. Ni siquiera sabía en qué categoría entraban: niños de ciudad, supuso. No tardarían en robar tapacubos y llevar navajas.

En términos generales, Shifty disfrutaba de tener la casa para ella sola. Había vivido con su padre hasta cumplir los veintidós, luego se casó y se fue a vivir con su marido. Shifty nunca había vivido sola antes y le gustaba. Podía quedarse tumbada en la cama y zamparse un bocadillo de carne asada cuando le apetecía. Las vecinas la instaron a hacerse con una mascota. Ella se negó en redondo. Shifty se había pasado la vida cuidando de los demás: de su padre, de su marido, de la hija que la traicionó ahuecando el ala y de sus cuatro hijos varones. No estaba dispuesta a perder el tiempo con un gato o un perro. Pero sí había acabado adoptando una gallina extraviada a la que enseñó a caminar hacia atrás.

Su paz y su soledad se hicieron añicos cuando volvieron sus dos hijos menores, primero uno y luego el otro. A los dos mayores los había perdido, uno fue a parar al cementerio y al otro lo destinaron a la base militar de Pendleton, en San Diego. Durante un tiempo le preocupó que lo mandaran a California, con todos esos asesinos en serie y tanto vegetariano, pero se imaginó que un marine sabría cuidar de sí mismo.

Después de arreglar la casa, Shifty abrió las ventanas para ventilar las habitaciones. Salió a hablar con Chispita, pero la gallina estaba de mal humor y se negó a cooperar. A Shifty no le importó, las aves solían tener mala uva. Ella también la tendría si tuviera que pasarse la vida picoteando la tierra. Recientemente había visto un documental sobre avestruces que la había hecho sentir muy triste, sobre todo cuando intentó imaginarse lo desoladora que tenía que ser la vida de un ave que no podía volar. Con un enorme y frenético esfuerzo, incluso Chispita era capaz de impulsarse hasta la rama de un árbol para ponerse a salvo. La gente comía avestruces; según la tele, su carne sabía mejor poco hecha. Shifty solo podía pensar en la matanza. Había retorcido el cuello a infinidad de pollos, pero ese procedimiento sería poco menos que imposible con un avestruz. Y luego habría que desplumar a esa cosa.

Una columna de polvo se alzó en la carretera y llegó a sus oídos el estruendo de un motor, a su juicio una camioneta vieja. Surgió a la vista una Chevrolet que maniobró para sortear las ramas de un manzano. Conocía aquella camioneta, pero no recordaba a su dueño. El conductor paró y se bajó. A diferencia de casi todos los hombres de por allí, no llevaba gorra y tenía el pelo muy corto, irregular, como si se lo hubiera cortado él mismo. Vestía una camisa de manga corta a la que no le habría venido nada mal pasar por la lavadora. Se veía tosco como una mazorca, necesitaba urgentemente un afeitado.

—Muy buenas, señora Kissick —dijo el hombre—. Soy Mick, el hijo de Jimmy Hardin.

—¿Esa es la camioneta de tu padre?

—En efecto. Y antes, del padre de mi padre. Quizá usted conoció a mi abuelo.

—De oídas. No puedo decir que nos conociésemos. A tu padre sí, hace ya tiempo. Te das un aire.

Shifty lo miró, valorando positivamente que se mantuviera en su sitio, esperando con educación a que lo invitara a entrar en sus tierras.

—¿Atrapaste ya a ese tipo? —dijo ella.

—¿A quién se refiere, señora?

—¡Al tipo que te robó la maquinilla de afeitar!

Mick se frotó la barba crecida de las mejillas. Shifty intentó contenerse, pero se le escapó la risa.

—Llevaba tiempo sin oír esa —dijo él.

—Sube al porche, anda. ¿Quieres un café?

Mick asintió y cruzó el patio, atento a la posible presencia de un perro, pero lo único que vio fue una gallina caminando hacia atrás.

—¿Esa gallina siempre anda así? —preguntó.

—No, no siempre. Puede que se esté luciendo por la visita.

Shifty señaló una silla de jardín con trenzado de nailon en cuyo brazo había un mando a distancia adherido con cinta adhesiva. Luego entró en la casa. La puerta mosquitera rebotó una vez y se cerró, produciendo un sonido que siempre le había gustado.

La vieja silla crujió cuando Mick se sentó, estiró las piernas y apoyó los tacones en el suelo. Desde el porche se veía el camino de tierra, la franja de maleza que marcaba el arroyo y la pronunciada ladera que ascendía en la orilla opuesta. La brisa arrastraba aroma a menta de montaña. La gallina había doblado la esquina y Mick se preguntó si estaría practicando volteretas de espaldas en la parte posterior de la casa.

Shifty dejó dos tazas de café en la mesita que separaba las sillas.

—Apuesto a que te estás preguntando por ese mando a distancia —dijo.

—Así seguro que no se pierde.

—Tal cual —dijo ella—. Cuando mis hijos están en casa lo dejan todo manga por hombro. Me cansé de rebuscarlo entre los cojines del sofá.

—Su hijo es más o menos la razón por la que estoy aquí.

—¿Cuál de ellos?

—Uh, bueno —Mick dudó—. El segundo, supongo.

—Oh —dijo ella—. Cabronazo Barney. Pues no está aquí ahora mismo.

—¿También usted lo llama así?

—Somos una familia de apodos. Has de saber que Shifty tampoco es mi verdadero nombre. En realidad me llamo Camille Littleton. Luego me casé y mi marido empezó a llamarme Shifty porque la única ropa que tenía eran los vestidos sueltos que hacía mi madre. Ahora tenemos a Cricket, a Jimbo, a Junebug, a Sheetrock, a Doodle y a Rickets.*

—Rickets. ¿Eso no es una enfermedad?

—Sí, pero nunca la ha padecido. Simplemente nació con las piernas arqueadas.

Mick dio un sorbo al café e hizo una mueca. Debía de llevar toda la mañana filtrándose. Sintió que llegaba a sus tripas y se ponía a discutir con los restos del bourbon. Le sobrevino una

---

* Muchas veces la traducción al español queda forzada como nombre e incluso como apodo. Fuckin' Barney, que sería algo así como Puto Broncas, lo hemos dejado en Cabronazo Barney; Shifty hace referencia, en efecto, al «shift», una prenda simple de corte recto, suelta y sin costuras, poco ceñida a la cintura y muy cómoda para usar en el día a día; Cricket sería Grillo; Jimbo, diminutivo de Jim o James; Junebug, Abejón o Escarabajo; Sheetrock, Cartón Yeso o, por la marca, Pladur; Doodle, Garabato, y Rickets, Raquitismo. Hemos optado por dejar los motes en inglés.

oleada de náuseas seguida de un repentino brote de sudor que le cubrió todo el cuerpo.

—¿Hueles eso? —dijo Shifty.

—Me temo que soy yo, señora. Me pasé un poco con el bourbon hace un par de noches.

—Eso me parecía —dijo ella—. No me resulta desagradable. Mi marido olía igual los domingos por la mañana. Mis hijos apestan casi todo el tiempo a marihuana. ¿Tú fumas de eso?

—La he probado, sí. No es para mí. Me pone de los nervios. Los demás se relajan y se ponen de buen humor, pero yo no.

—A mí me dio dolor de cabeza.

—Tal vez la que fumó era suave.

—Eso es lo que dijo Cabronazo Barney. Pero nunca he vuelto a probarla. No sé a qué hora vendrá, pero puedes quedarte aquí bebiendo café conmigo todo el día. ¿Se ha metido en algún lío?

—No soy policía, señora.

—Tu hermana sí.

Mick asintió, consciente de su mirada penetrante. Probó a dar otro sorbo. El café hizo que le lloraran los ojos y desistió. Shifty entró en la casa y volvió con un platito.

—Sobras del desayuno, bollos y salchichas —dijo—. Tu estómago necesita algo de poso. Me gusta el café fuerte.

Mick comió, saboreó el bollo casero y la carne picada de cerdo, luego se limpió las manos en los pantalones.

—¿Para qué quieres a mi hijo? —preguntó Shifty.

—Hace unas noches mataron a una mujer en Choctaw y su hijo estuvo allí. Tal vez vio algún vehículo. Los peces gordos de Rocksalt están presionando a mi hermana para que lo resuelva cuanto antes.

—Se lo diré —dijo ella—. ¿Tú nunca tuviste un apodo?

—En el campo de instrucción, todos teníamos uno. Sería una descortesía soltarlo delante de una dama.

—Te lo agradezco —dijo Shifty—. Hacía tiempo que no me trataban con respeto.

—Gracias por el bollo. Es el mejor que he probado en mi vida.

Shifty sonrió, quitándose años de encima. Era una mujer que se había reído mucho en otros tiempos y Mick esperaba que siguiera haciéndolo. Se puso de pie.

—Vive usted en un sitio muy bonito —dijo.

—He vivido aquí la mayor parte de mi vida. Fui una vez a Lexington a ver un partido de los Wildcats. No me gustó.

—¿Perdieron?

—No, ganaron. Pero no fui la única que fue a verlos aquella noche. Toda esa gente apiñada en un mismo lugar me afectó de la misma manera que a ti la marihuana. Me puso de los nervios.

Mick se terminó lo que le quedaba de café y lo sintió chisporrotear a lo largo de sus extremidades. Se incorporó, le hizo un gesto con la cabeza a Shifty y se dirigió a la camioneta. Ella se quedó mirando hasta que desapareció por la curva. Pensó que su visita no anunciaba nada bueno. Nada bueno en absoluto. Entró en la casa y llamó a su hijo para advertírselo.

Capítulo seis

A los pocos kilómetros, Mick se topó con un hombre que iba caminando por la carretera de asfalto; redujo la velocidad y, al llegar a su altura, se hizo a un lado y se detuvo. Nadie hacía autoestop en las montañas. Si había un hombre caminando es que necesitaba que lo llevaran, porque la travesía era demasiado larga para atajar por el bosque. El hombre abrió la puerta y subió a la camioneta. Era unos años más joven que Mick, llevaba botas, vaqueros y una camisa de trabajo con los puños abotonados. Mantenía la cabeza vuelta hacia su ventanilla, como si fuera tímido.

—Soy Mick Hardin.

—He conocido a unos cuantos Hardin —dijo el hombre—. Fui a la escuela con una, Linda.

—Esa es mi hermana.

—He oído que ahora es la sheriff.

—Has oído bien.

—Te vendrá ni que pintado, para cuando se te vaya un poco la olla.

—Podría ser —dijo Mick—. Aún no lo he comprobado.

—¿Ahorrando munición?

—Supongo. No tiene sentido desperdiciarla. ¿Y tu familia?

47

—Soy un Mullins. Bowling por la otra parte.

—¿A dónde vas?

—Un poco más adelante. Pasado el tercer valle, a la derecha.

Mick asintió. El camino discurría junto a un arroyo plagado de basura que se aferraba a las ramas inferiores de los árboles, depositada por la crecida de la última gran tormenta. Casi todos los Mullins que conocía vivían en lo más profundo de las montañas, en crestas elevadas. Esa ubicación solía significar un fuerte deseo de estar lejos de la ciudad. Por otra parte, podían ser melungeons descendientes de los primeros habitantes que ya vivían en las montañas cuando llegó Daniel Boone. Ya nadie los llamaba melungeons, ni siquiera ellos mismos, pero las familias gozaban de mala reputación. Mick no consideraba que fuese merecida. Se trataba más bien de un simple caso de prejuicios.

El hombre alzó la barbilla para señalar un camino de tierra que se adentraba en una hondonada y Mick redujo la velocidad para hacer el giro. El camino se allanaba a través de un rodal de álamos quebrados por el viento.

—Nunca he llegado a ver un álamo viejo —dijo Mick.

—El peor árbol del bosque. No sirve ni para arder ni para construir. No merece la pena talarlos. La tormenta los derriba y luego te toca darte el palizón de retirarlos.

—A los otros árboles deben de gustarles. O a los pájaros, alguno habrá.

—Sí, todo ha de tener una razón si Dios lo puso ahí. Lo que me hace pensar en las garrapatas. ¿Para qué sirven?

—Bueno —dijo Mick—, las zarigüeyas se las comen. Pero no creo que les dé para vivir.

—A mí me gustan las zarigüeyas —dijo Mullins—. Es un animal raro. Tienen un pito que se divide en dos al final. He oído que se follan a la hembra por la nariz y que esta estornuda a los bebés en el marsupio.

Mick asintió. Esa historia le había encantado de niño y le seguía gustando, pese a saber que no era cierta. No quería discutir con Mullins. Desacuerdos como ese solían desmadrarse en las montañas, desembocando en peleas a puñetazos o tiroteos.

Atravesó el lecho de un arroyo seco humedecido por las últimas lluvias, dobló una curva que ascendía por una loma y se plantó ante una casa de porche bajo. En una esquina había un poste de nogal que soportaba el techo de hojalata. El poste de la otra esquina había desaparecido. En su lugar había una mula con las cuatro patas bien amarradas a unas argollas atornilladas al suelo del porche. Tenía la cabeza inmovilizada por una cadena enganchada a la brida. Sobre el lomo cargaba una silla de madera mantenida en posición vertical mediante una cincha que le ceñía el flanco. El listón superior de la silla soportaba aquel extremo del techo.

Mick detuvo la camioneta para evitar asustar a la mula.

—Bueno —dijo—. Jamás había visto nada igual.

—Es temporal.

—¿Usas esa silla de montura?

—No, la mula vino ya así.

—¿Qué quieres decir? —dijo Mick.

—A mi hermana le ha salido un pretendiente al que le gusta empinar el codo. Anoche estrelló el coche contra la casa y reventó el poste. Su padre trajo la mula esta mañana. La silla ya estaba. Dijo que se acercaría luego con un poste nuevo.

—¿Cómo se llama?

—Jo-Jo.

—¿Causa problemas?

—Ninguno, creo que piensa que estar ahí es mejor que trabajar. Lo único malo es que la muy hija de puta mea como un caballo. Mamá la odia.

Mick se rio y Mullins se unió a sus risas como si fuera la primera vez que veía a la mula. Se quedaron un rato sentados en la cabina de la camioneta riendo como adolescentes. Mullins abrió la puerta y se bajó.

—Gracias por el viaje —dijo.

—No parece que esa mula esté muy cómoda.

—No lo parece, no.

—Quizá podrías arreglar el porche.

—Soy leñador —dijo Mullins—, no carpintero.

—¿Tienes herramientas?

—Martillo y clavos, un par de destornilladores y alguna llave inglesa, como cualquier hijo de vecino.

—¿Cinta métrica?

—No, se rompió.

—¿Me puedes encontrar un trozo de cuerda? —dijo Mick—. Tres metros o algo así. Y algo a lo que subirse.

Mullins asintió y se dirigió a la casa, evitando los cuartos traseros de la mula. Mick se acercó al porche. Acarició el sudoroso cuello de la mula, lo que provocó que todo su cuerpo se estremeciera. La cadena repiqueteó y los músculos de Jo-Jo se tensaron bajo las maniotas. Mullins salió con una cuerda de algodón enrollada. En la otra mano traía un viejo cajón de madera de la Central Lechera de Spring Grove.

—Dale palique —dijo Mick.

—¿Y qué le digo?

—Lo mismo da. Tenemos que procurar no alterarla, así que no es tan importante lo que digas como el tono en que lo digas. Imagínate que es un caballo que aún no está domado del todo al que tienes que embridar. Háblale en voz baja y sin pausas.

Mick colocó el cajón junto a la mula y se subió.

—Una vez tuve un mapa —le dijo Mullins a la mula—. Cuando lo desplegabas era un pedazo de papel bien grande. Con sus líneas rojas y azules y una letruja minúscula. Esto de aquí no salía, así que lo tiré. Supongo que el mapa daba igual. La tierra sabe muy bien dónde están los montes. Al norte está Ohio, luego unos cuantos lagos y al final Canadá. Al oeste, por algún lugar, está Lexington. Así que tienes suerte, Jo-Jo. No te hace falta ningún mapa. Lo único que tienes que hacer es tirar recto, dar la vuelta y volver. Y así todo el rato.

Mick fijó un extremo de la cuerda al techo del porche y dejó que el resto se desenrollara poco a poco. La mula se estremeció y golpeó los listones de roble con los cascos. Mick sabía que se hallaba en una posición vulnerable, pero estaba convencido de que los amarres aguantarían.

—Oye —dijo Mick en voz baja—. Agarra la cuerda y sujétala a ras del suelo. No la tenses mucho. El algodón se estirará y no nos valdrá.

—¿Tensar mucho cuánto es?

—Tú simplemente aguántala, sin tirar.

Mullins se puso en cuclillas para seguir las instrucciones. Mick se bajó del cajón, abrió su navaja y cortó la cuerda a ras del suelo del porche.

—¿Quieres que siga hablando con ella? —dijo Mullins.

—No. Ve a por la motosierra.

Mullins se puso de pie con el rostro súbitamente iluminado ante la familiaridad de la tarea. Se fue y regresó con una motosierra McCulloch de cincuenta centímetros de barra y la cadena resplandeciente de aceite.

—Con el depósito hasta arriba y afilada que da gusto —dijo—. Pero no pienso descuartizar a esta mula.

—Me alegra oírlo. Subamos a la camioneta.

Cruzaron el arroyo y siguieron por el camino de tierra hasta la línea de álamos quebrados. Mick le estuvo echando el ojo a varios árboles y al final se decidió por uno de tronco recto no demasiado robusto. Se sirvió de la cuerda para medir la longitud adecuada y luego le dijo a Mullins que se deshiciera de las ramas pequeñas y cortara en horizontal por los dos extremos. Mullins se puso manos a la obra, manejaba la motosierra como si no pesara más que un lápiz. Concluyó la tarea, encantado de sí mismo. Mick comprobó una vez más la longitud con la cuerda, cargaron el árbol denudado en la plataforma de la camioneta y regresaron a la casa. Jo-Jo no se había movido.

—¿Prefieres las McCulloch a las demás motosierras? —dijo Mick.

—Nunca he tenido otra. Empecé a usarlas de crío, por un anuncio que oí en la radio. Fue en aquel programa, «Swap Shop». ¿Te acuerdas?

—Creo que sí —dijo Mick—. ¿Cómo era?

Se acordaba perfectamente, pero quería escuchar la cancioncilla. Mullins no se hizo esperar:

Hay una razón por la que
Todo el mundo quiere comprar
En Suministros Monarch
de Rocksalt…
¡La motosierra McCulloch!

El anuncio terminaba con el sonido del arranque de una motosierra, dos potentes rugidos seguidos del chirrido que producía al penetrar en un tronco. Mullins lo recreó lo mejor que pudo y les entró la risa. Un par de estorninos, espantados por el canto humano, huyeron al campo que se extendía junto a la casa.

—Manos a la obra —dijo Mick.

Trasladaron el árbol al porche y lo colocaron detrás de la mula, fuera del alcance de sus coces. Mick lo inclinó hacia el tablón que aguantaba el techo.

—¿Hay alguien más en casa? —dijo Mick.

—Mamá y papá.

—Ve y diles que no salgan hasta que los avisemos.

Mullins obedeció y regresó al momento. Mick estaba estudiando el modo en que la mula estaba enjaezada al porche, intentando decidir cómo proceder. Cualquier paso conllevaba el riesgo de ser coceado. Desenganchó la maniota por debajo de las cernejas de las patas delanteras. La mula se movió, separó las patas e intentó alzar la cabeza, pero la cadena se lo impidió. Pasó los cascos traseros sobre los listones rayados dejando nuevas muescas.

—Tranquila, Jo-Jo —dijo Mick—. Ya casi está.

—Espero que no le dé por ponerse a mear —dijo Mullins—. Capaz es de ahogarme.

Mick se desplazó al lateral del porche y se puso en cuclillas. Un gancho de acero mantenía el arnés encadenado a una argolla atornillada a los cimientos del porche. Mick se inclinó hacia delante y liberó la cadena. La mula sacudió la cabeza hacia un lado y mordió a Mick en el antebrazo. Mick se cayó de espaldas y rodó por la hierba, manchándose la camisa de sangre. Se levantó e inspeccionó la herida. No era demasiado grave, pero tampoco pintaba muy bien.

Mullins se estaba riendo.

—¿Esta criatura está vacunada? —preguntó Mick.

—Ni idea. No es mía.

—Necesito saberlo. Transmiten la rabia.

El espectro de la rabia detuvo la risa de Mullins como un portazo en las narices. Asintió rápidamente con la cabeza.

—Tráete aceite de carbón y cinta adhesiva —dijo Mick.

Mullins se dirigió al cobertizo y regresó con una garrafa de cuatro litros sin etiqueta, medio llena de un líquido anaranjado. Mick se vertió queroseno en la herida para limpiarla, luego se envolvió el antebrazo con la camiseta y aseguró el vendaje con cinta adhesiva. Al menos no iba a necesitar puntos de sutura. Mick había recibido disparos y puñaladas, le habían roto la nariz y las costillas, y llevaba metralla incrustada en la pierna, pero era la primera vez que le mordía una mula.

Se situó al borde del porche junto a las patas traseras del animal. Las cuartillas encadenadas estaban amarradas al suelo con un grueso cuero anudado.

—Necesito un machete —dijo.

Mullins salió corriendo y regresó con una cuchilla de sesenta centímetros.

—Apártate —dijo Mick—. No estoy muy seguro de lo que pueda pasar y no quiero pelearme con una mula.

Levantó el machete y cortó por la mitad la correa de la maniota. La mula permaneció quieta un momento, como si no se hiciera del todo a la idea de verse libre, luego echó las patas hacia atrás y saltó del porche. La silla se volcó a un lado y se reventó contra un árbol. Jo-Jo echó a correr por el patio, saltó la valla y desapareció en el bosque. El techo se combó, pero el nuevo poste de álamo lo aguantó. Mick fijó el poste con clavos de seis centímetros y medio, lo mejor que pudo ofrecerle Mullins.

—Te lo agradezco —dijo Mullins—. ¿Por qué has hecho todo esto? ¿Te daba pena Jo-Jo?

—Míralo así: si esa mula hubiese seguido enganchada al porche mucho más tiempo, habría acabado inútil para el trabajo. El padre culparía al hijo. Entonces el chaval se presentaría aquí con un cabreo de mil demonios. Y te apuesto lo que quieras a que haría algo que no le gustaría a nadie. Y, claro, luego tendrías tú que devolvérsela. Momento en que entraría en escena mi hermana para meter a alguien entre rejas. Así que, no, no es necesariamente por Jo-Jo, sino por el bien de todos.

—¿Pensaste todo eso al ver la mula?

—Más o menos, sí.

—Joder, chaval, eres inteligente, ¿eh?

—No tanto como para haber evitado que me muerda.

Mick condujo hasta la casa del propietario de la mula y se sorprendió al ver que vivía al fondo del siguiente valle. Jo-Jo ya estaba en su patio y Mick decidió quedarse en la camioneta. El vecino era de cintura corta y brazos poderosos, cojeaba al andar. Tenía los papeles de vacunación del veterinario, lo que supuso un alivio para ambos.

Mick dejó atrás el valle. Desde las ramas de un sicomoro, como destacado en misión de reconocimiento para el resto de las aves, un cuervo siguió su avance. La carretera serpenteaba por el bosque frondoso junto a las asclepias y las apiáceas vencidas por el calor. Salvo por el brazo palpitante, en los montes se había quedado una mañana espléndida.

Capítulo siete

Linda estaba sentada en su despacho esperando a que el fax, que ya tenía veinte años, terminase de enviar un documento, a dos minutos por página. La instalación telefónica era de botones y los ordenadores tan viejos y mastodónticos que ocupaban un tercio del escritorio. La mayor parte del equipamiento del condado era excedente militar, incluido el camión blindado de veinte toneladas que había agrietado el hormigón del aparcamiento el día que lo trajeron. De momento solo se había utilizado en un acto benéfico en el que varios grupos de hombres compitieron tirando de él con una cuerda.

Hasta aquella semana Linda había disfrutado de sus momentos de intimidad en el despacho, con su decoración espartana de escritorio, archivadores, una bandera de Kentucky y un retrato del imbécil de turno que se había hecho con el puesto de gobernador. Lo mantenía todo muy bien ordenado y organizado. Sin objetos personales a la vista. El despacho tenía una puerta —algo importante en un municipio tan pequeño— que ella dejaba abierta la mayor parte del tiempo. Por la noche la cerraba con llave y echaba siempre un último y afectuoso vistazo a la placa de latón con su nombre. Ahora tenía un cadáver y, prácticamente, odiaba todo lo relacionado con su trabajo.

En su primera semana como sheriff había nombrado ayudante a Johnny Boy Tolliver. Debido a una violenta y prolongada disputa, cien años atrás, los Tolliver habían tenido un comienzo turbulento, pero su estirpe había sido más o menos aceptada a partir de la quinta generación. Johnny Boy podía hablar con cualquiera en cualquier momento sobre cualquier tema. Ese atributo era una gran ventaja en una cultura que desconfiaba de una mujer sheriff. Lo más sorprendente para Linda era la resistencia de las mujeres mayores, que se fiaban menos de ella que los hombres. No tenía sentido, pero tampoco lo tenía esperar a que un fax del año de la polca terminase de emitir unas hojas tan satinadas como las páginas de una revista.

Johnny Boy estaba al acecho por la zona principal de la oficina del sheriff y pasaba por delante de su puerta de vez en cuando, haciéndole saber que estaba ansioso por salir, como un perro de caza. Por lo menos, no lloriqueaba como un sabueso, pero hablaba demasiado, como los humanos. El fax traqueteó y repiqueteó, luego se detuvo en seco, con una hoja rasgada asomando como una bandera de rendición. Linda maldijo y llamó a gritos a Johnny Boy, que apareció en la puerta con brusca diligencia.

—¿Qué ha pasado? —preguntó Johnny Boy—. ¿El fax tiene bolas de pelo? Quizá pueda echarle un vistazo. A veces se me da bien arreglar cosas. Hoy podría ser uno de esos días. Lo bueno es que me veo con ánimo.

—Me voy para allá directamente.

—¿Quieres que me quede aquí? —Su voz tenía un tono esperanzador—. ¿A cargo de los teléfonos? Podría pasar algo, ya sabes.

—No, mejor te vienes conmigo y lo escuchas también.

Linda llamó a su hermano y le pidió que se reuniera con ellos en las dependencias del forense. Mick gruñó y colgó. Lo habitual, pensó ella, sabiendo que acudiría a la cita. Linda y Johnny Boy condujeron los tres kilómetros que los separaban de la funeraria que hacía las veces de oficina del forense del condado. Johnny Boy guardó silencio y ella lo agradeció. No le gustaban las funerarias. En realidad, no le gustaban a nadie, pero la inquietud de Johnny Boy rayaba en el miedo. Se creía todas las supersticiones que le salían al paso.

En el camino se encontraron con tráfico intenso, lo que explicaba por qué el forense había enviado un fax. A menos que fuera sábado por la mañana y hubiera partido de la liga infantil de fútbol, la proliferación de coches en Rocksalt solo podía significar que se celebraba un funeral. En el aparcamiento, junto a la entrada, había ya unos cuantos coches agrupados en los espacios reservados para la familia del difunto. Linda aparcó y permaneció en el coche. A nadie le agradaba la presencia del sheriff en un funeral. La gente se pondría a hablar. Su predecesor tenía la costumbre de esperar emboscado para entregar las citaciones, pues sabía que en los funerales acababan dándose cita todos los miembros de las familias, incluso los más feroces forajidos que se ocultaban en el bosque.

—¿Quién ha muerto?— preguntó Linda.

—Uno de los hijos de los Fatkin —dijo Johnny Boy.

—Pero si son muy jóvenes, ¿no?

—Se ve que ahora toca cebarse también con los más jóvenes. Ocho hermanos y ya cinco muertos. Un ataque al corazón, con solo cuarenta y seis años. Ha dejado cuatro hijos y seis nietos. Trabajaba en Lexington instalando alcantarillas. Yo diría que lo que acabó con él fueron las tres horas de carretera todos los días, más las ocho horas que se pasaba hundido en el barro. Y así veintitrés años. De hecho, fue su tercer ataque al corazón.

—Tienes coco para los números, Johnny Boy.

—Siempre se me han dado bien las matemáticas —dijo—. Y me gusta leer esquelas. Contienen todo tipo de información.

—¿Cuál ha muerto? —preguntó ella.

—Face.

—¿Quién llama así a un hijo?

—Bueno, los Fatkin, sin ir más lejos —dijo Johnny Boy—. ¿Sabías que el resto del país vive más que nosotros? O que nosotros nos morimos más jóvenes.

—¿Qué?

—La esperanza de vida —dijo—. En todas partes la gente vive un poco más cada año. De media, nuestras vidas son cada vez más cortas. En ningún otro lugar de este país sucede esto. Hace veinte años, la vida aquí era más larga.

—Los cerros nos están matando.

La gente empezó a salir por la puerta doble, avanzando con lentitud, y unos cuantos niños corretearon hacia los coches. Un par de adolescentes aparecieron por detrás del edificio, seguro que estaban allí atrás fumando a escondidas. La última en salir fue la madre, sostenida a cada lado por mujeres más jóvenes. Linda observó cómo se alejaban los Fatkin. La camioneta de Mick entró en el aparcamiento y estacionó a su lado, con la ventanilla bajada.

—Justo a tiempo —le dijo.

—Estaba esperando en la carretera.

—¿En ese pequeño espacio cubierto de hierba? —dijo Johnny Boy—. Es un buen sitio, sin duda. Se puede ver todo el campo. A veces hay ponis por allí, y girasoles. Una vez vi una nube plana que lo mismo medía ochocientos metros, delgada como la barandilla de una cerca. Una franja blanca en el cielo.

Mick subió la ventanilla y Linda mandó callar a su ayudante. Los tres cruzaron la zona asfaltada, bastante reciente por lo que parecía, las rayas amarillas aún brillaban. La funeraria era amplia, con un tejado alto acabado en pico, como una pirámide de tejas. En la cumbre del monte que se alzaba detrás del edificio, destacaba una construcción alargada pintada de blanco. En el tejado plano había un cartel que abarcaba toda la fachada con la palabra MOTEL en letras de dos metros de altura. El local de al lado era un establecimiento de comida rápida especializado en frituras.

—Eso es nuevo —le dijo Linda a Mick—. Nuestro primer motel.

—Comer, dormir y morir —dijo él—. Todo a mano.

—¿Qué te ha pasado en el brazo?

—Me ha mordido una mula.

—Suerte que no fue una tortuga mordedora —dijo Johnny Boy—. Esas te pillan y no te sueltan hasta que se pone a tronar. A veces hay que esperar una semana a que estalle una tormenta. ¿Eso es cinta adhesiva? Puede que no sea muy higiénico. ¿Quieres que le eche un ojo? Hice un curso de medicina de campaña en Frankfort. Aprendí de todo.

—¿No vas a hacer nada con este? —preguntó Mick.

—Va a ser que no —dijo Linda.

—Oye —dijo Johnny Boy—. Sé que sois hermanos, pero no tenéis que hablar de mí como si no estuviera. Me tenéis aquí delante.

—Lo sabemos —dijo Linda.

Ya dentro, Linda los guió a través del vestíbulo y por un pasillo que pasaba frente al velatorio vacío. Pasaron por delante de un pequeño despacho en el que una mujer hacía cuentas en una vetusta calculadora. Se había recogido el pelo con tanta fuerza que le servía de estiramiento facial. Johnny Boy se acercó de manera furtiva y la saludó con entusiasmo, como agradecido de ver a una persona viva. Avanzaron hasta el fondo y llamaron a una puerta con un letrero:

MARQUIS SLEDGE III, DIRECTOR DE LA FUNERARIA

Cuatro sillas acolchadas descansaban junto a la pared. Los Sledge llevaban cincuenta años enterrando a la gente, un negocio familiar fundado cuando el abuelo regresó de Vietnam con competencias funerarias, una honda creencia en el cristianismo y el deseo de servir a la comunidad. Como en todos los pueblos pequeños, los rumores y los chismes sobre el empresario de pompas fúnebres eran constantes. Pero debido al compromiso del señor Sledge con la familia y la iglesia, las acostumbradas historias de mal gusto se fueron desvaneciendo. Una de ellas persistía —una bastante peculiar en el registro de Linda—: la gente decía que había otro Marquis Sledge, un afroamericano que dirigía una funeraria en Memphis.

El señor Sledge de Rocksalt murió y su hijo tomó el relevo, ejerciendo de forense del condado durante treinta años. Cuando Marquis Junior se jubiló, su hijo se presentó sin oposición al cargo. Su primer cambio fue eliminar un tipo de publicidad que disgustaba a la gente: las tarjetas de felicitación a padres de recién nacidos. Recordatorios desagradables de que el bebé acabaría muriendo y de que los Sledge se ocuparían muy gustosos de todo el percal.

La puerta se abrió y Marquis salió con un traje deliberadamente barato y zapatos negros. Su expresión mutó de apropiadamente dolorosa a ligeramente compungida.

—Siento haberle enviado un fax —dijo.

—La máquina se averió antes de que pudiera leerlo —dijo Linda—. Pensé que lo mejor sería pasarme por aquí y que me lo dijera directamente. Odio interrumpir un funeral.

—Por hoy ya he cumplido —dijo Marquis—. Esos Fatkin tienen mala suerte.

—Acabarán pidiéndole un descuento —dijo Linda.

—Ya les hice uno.

—A Johnny Boy lo conoce —dijo ella—. Este es mi hermano, Mick.

Marquis saludó a ambos hombres con un gesto de la cabeza, su padre le había enseñado a no ofrecer nunca la mano. A nadie le gustaba tocar al director de una funeraria. Mick lo sorprendió al extenderle la suya. Johnny Boy se quedó mirando al suelo.

Marquis los condujo por el pasillo hasta una pesada puerta de acero que procedió a abrir y una vez dentro les tendió guantes de nitrilo. En el centro de la sala había una mesa de metal junto a un mostrador lleno de herramientas especiales. Johnny Boy se quedó mirándolas, tragó saliva y apartó la vista. Marquis levantó la esquina de la sábana para mostrar la cabeza de una mujer apoyada en un soporte de goma.

—La causa de la muerte fue asfixia —dijo y señaló la decoloración del cuello—. Hay cianosis.

—Se está poniendo azul —le tradujo Linda a Johnny Boy.

—Correcto —dijo Marquis—. No hay marcas de ligaduras. Nada que indique que la estrangulasen con las manos.

—¿Heridas defensivas? —preguntó Mick.

—Ninguna.

—Pero hay algo más —dijo Marquis.

El ceño fruncido de Johnny Boy le deformaba el rostro en una expresión de horror. Respiraba en ráfagas cortas y rápidas. Marquis miró al ayudante y se expresó con voz firme.

—Ni se le ocurra vomitar aquí, ¿me oye?

Johnny Boy asintió. Linda se preguntó si iba a desmayarse. Los vaqueros sueltos le impedían ver si había bloqueado las rodillas para mantenerse erguido. Le acercó una silla rodante de oficina. Johnny Boy se sentó y se colocó una papelera en el regazo.

—Tuvo relaciones sexuales —dijo Marquis.

—¿Violación? —preguntó Linda.

—Difícil determinarlo. Aun siendo consentido pueden producirse desgarros en el tejido, incluso hemorragias. De todo eso hubo. Pero no está claro si fue forzado.

A Johnny Boy le entraron arcadas y se acercó la papelera.

—Por amor de Dios —dijo Marquis.

—¿Semen? —preguntó Mick.

—Ni rastro. Nada de ADN. Todas las abrasiones que presenta el cuerpo son *post mortem*. Probablemente producidas al precipitarse por el cerro.

—¿Pudo ser asesinada y luego trasladada hasta allí? —preguntó Mick.

—Siempre cabe esa posibilidad —dijo Marquis—. Pero lo dudo mucho. Las heridas *post mortem* se produjeron poco después de la muerte. Lo más seguro es que muriera en aquella cresta, antes, durante o después del sexo.

A Johnny Boy volvieron a entrarle náuseas y Linda empujó la silla hasta el pasillo. Al regresar, Marquis había destapado las manos de la mujer muerta. Mick estaba examinándole las uñas: dos rotas, una agrietada, el resto intactas.

—No hay células de piel bajo las uñas —dijo Marquis.

—Podría ser que conociera al asesino —aventuró Linda.

—¿Algo más? —dijo Marquis—. Tengo papeleo pendiente y me queda limpiar todo esto.

—No —dijo Linda—. Gracias por hacernos un hueco.

Marquis asintió solemnemente y Mick se preguntó si ensayaría aquellas expresiones de gravedad frente al espejo.

—Una cosa —dijo Mick—. Si pudiera reservarse lo de las relaciones sexuales, nos sería de gran utilidad.

—Yo siempre me lo reservo todo —dijo Marquis.

Mick y Linda se marcharon. En el aparcamiento se encontraron a Johnny Boy apoyado en el coche patrulla con las manos en la tripa y la cara pálida. Linda le pidió a su hermano que se reuniera con ellos en su oficina.

—No, gracias —dijo Mick—. Atiende a Johnny Boy. ¿Qué le pasa? No es la primera vez que ve un cadáver.

—Le dan miedo los fantasmas. Cree que las funerarias están llenas.

—No es aquí donde muere la gente.

—Eso mismo le he dicho yo mil veces —dijo ella—. ¿Sacaste algo en claro de Cabronazo Barney?

—No estaba en casa. Su madre está bien.

—¿Qué te pasó en el brazo? Quiero decir, en serio.

—Lo que te dije, una mula. No vale la pena entrar en eso. Tremendos, los Mullins.

—¿Cuáles de ellos?

—Saliendo de la carretera de Little Perry, en una hondonada.

—Son primos lejanos nuestros.

—Ya lo sabía —dijo él.

—Y una mierda lo sabías.

—Durante el servicio militar tuve acceso a todo tipo de información. Un día busqué nuestro árbol genealógico. Fue como si me cagase un mono en la cara.

Linda se rio, una erupción espontánea, como si les acabara de explotar encima un globo de agua, empapándolos de júbilo. Mick sonrió a su hermana. Linda no se reía mucho. Recordó que de críos tenía que esforzarse todo el día para arrancarle una risa. Linda seguía riéndose de la misma manera, un estallido repentino. Le aligeraba el ánimo, pero luego se volvía más dura, como si la vulnerabilidad le pasara factura en una hoja de registro invisible.

—¿Cómo está Peggy? —dijo.

—No te metas.

Mick se subió a su camioneta y se alejó. Linda lo observó, preguntándose si se había excedido.

Capítulo ocho

Johnny Boy se había sentado en el vehículo oficial, ya casi recuperado de sus náuseas. Entre los cadáveres, los fantasmas, el encargado de la funeraria y el inflexible hermano de Linda, necesitaba el refrescante consuelo de un Dr. Pepper. En la mininevera de la oficina había tres botellas. Linda se subió al coche.

—¿Escuchaste todo lo que dijo Marquis? —le preguntó.

—¿Te refieres a lo del sexo?

—Sí. ¿Qué opinas al respecto?

—No puedo hablar de eso.

—¿Porque soy una mujer?

Asintió y miró por la ventanilla. Los postes desgastados de una valla de alambre se deslizaban veloces como borrones grises que parecían fantasmas. Se volvió hacia el parabrisas y fijó la vista en la extensa nube que se cernía sobre la colina.

—Somos profesionales de la ley, Johnny Boy. Será mejor que no se te olvide. Si tenemos que hablar de un hombre al que le muerde el pito una serpiente de cascabel, lo hacemos.

Linda pisó a fondo el acelerador y el todoterreno se lanzó hacia delante como disparado por un tirachinas. Sonrió para sus adentros. Johnny Boy no soportaba la velocidad a menos que fuese él al volante; imaginó que sería por algo relacionado con el control. Lo vio agarrarse al asidero que había sobre la puerta. Tenían medio kilómetro de carretera recién asfaltada por delante y Johnny Boy no pudo evitar hundir la espalda contra el respaldo del asiento, contrayendo el rostro en una mueca. Alcanzaron los límites del pueblo y se dirigieron directamente a la oficina. En el aparcamiento había un coche que Linda no reconoció, un Lexus con matrícula del condado de Fayette.

—¿Te suena ese carro? —dijo.

—No, ni idea.

—Es el puto Murvil Knox.

—¿El magnate del carbón? —dijo Johnny Boy—. Ese está tan a gusto de haberse conocido que no dudaría en desollarse a sí mismo para conservar el pellejo.

—Ya te digo. A mí me odia.

—Pues yo odio su coche. En el fondo, un Lexus no es más que un Toyota al que no le huele la mierda.

Todavía se estaban riendo cuando entraron en la oficina y se encontraron a Knox sentado en el escritorio de Linda, tecleando un mensaje de texto en el móvil. Llevaba el típico atuendo del político que intenta dárselas de hombre del pueblo en una fritura de pescado de la Asociación de Veteranos. A su lado había un joven desconocido con unos rígidos y flamantes pantalones caqui con bolsillos de cremallera en las perneras, botas militares que no daban demasiado el cante y una chaqueta sport oscura. Del delgado cinturón le colgaban una Glock enfundada y dos cargadores de repuesto. Johnny Boy dio medio paso atrás, alegrándose de no ser el sheriff.

—Es mi despacho, señor Knox —dijo Linda—. Mi mesa.

Sin apartar la vista de la diminuta pantalla, Knox levantó un dedo, signo universal de «enseguida estoy contigo». Pulsó

ENVIAR, se levantó y le tendió la mano con una amplia sonrisa que le abarcaba toda la cara, como si la llevara grapada a las orejas. Ignoró a Johnny Boy.

—Me alegra verla de nuevo, sheriff —dijo.

Linda asintió, estrechándole la mano. Habituada desde hacía tiempo a las costumbres de los hombres, mantenía un régimen diario de ejercicios para fortalecer los músculos de la mano. Como no podía ser de otra manera, Knox comenzó a apretársela inmediatamente para demostrar su hombría. Linda no se quedó atrás, sintiendo la tensión en los músculos tonificados del antebrazo. El señor Knox relajó el agarre como un perro escarmentado que se pone patas arriba para exponer el vientre en señal de rendición y Linda supo que se la tendría jurada desde aquel preciso instante.

—Señor Knox —dijo—. ¿Ha venido a denunciar algún delito?

—Oh, no —dijo él, soltando una breve risa falsa—. Quería presentarle personalmente a su nuevo hombre. El agente especial Wilson, del FBI, la ayudará en la investigación del homicidio.

—No recuerdo haber pedido ayuda.

—Es un favor al condado —dijo el señor Knox.

—Me va bien con mi ayudante.

—Si aceptara a Wilson me estaría haciendo un gran favor a mí.

—No me interesa la política, señor Knox. No me dedico al tráfico de favores.

—Tengo entendido que es usted muy lista —dijo—. Aun así, tiene unas elecciones a la vuelta de la esquina y no le vendrían mal unos cuantos amigos.

—¿Amigos como Wilson?

—Amigos como yo —dijo el señor Knox.

Linda esperó, sabiendo que Knox llenaría el silencio. Por término medio, los hombres tendían a interrumpir a las mujeres después de ocho segundos. Según los científicos sociales con financiación gubernamental y cronómetros, si una mujer se quedaba callada, la mayoría de los hombres no aguantaban ni cuatro segundos.

—Ser independiente es bueno —dijo Knox—. Es necesario para la aplicación de la ley. Lo entiendo. Pero ha de tener en cuenta que tenemos el mismo objetivo. Hacer que el condado sea seguro para los ciudadanos respetuosos de la ley.

—¿Cuáles son las credenciales del señor Wilson?

—Servicio militar. El mejor de su promoción en la academia del FBI. Seis meses de experiencia en el Pentágono. Y además es de la zona.

—No tengo escritorio ni vehículo disponibles.

—Esa clase de asunto presupuestario es una de las cosas en las que un amigo como yo podría serle útil en el futuro. No necesita mesa, ¿verdad, Wilson?

—No, señor —dijo Wilson—. Con una mesa en cualquier rincón me arreglo. En DC trabajé en un armario de escobas.

—Es flexible —dijo Knox.

—Tampoco tenemos armario de escobas —dijo Linda—. Pero ya le entiendo. ¿Hubo muchos asesinatos en el Pentágono?

—No, señora —dijo Wilson.

—Este será el primero —intervino Knox—. Siempre hay una primera vez para los hombres. Y para las mujeres también, si están dispuestas.

Knox le lanzó una mirada punzante y salió de la oficina con aire de hombre ocupado, activo e influyente, un hombre tan altivo que daba la impresión de estar asomándose permanentemente

70

a una tapia. Linda escuchó cómo se abría y se cerraba la puerta principal. Su paso arrogante se prolongó por el aparcamiento.

Wilson no parecía tener más de veinte años, pero si Knox decía la verdad debía de ser mayor. Los hombres como él mentían más que hablaban. Linda recurrió con escaso efecto a las técnicas de respiración profunda destinadas a tranquilizarla. Rodeó su escritorio y miró a Wilson con la esperanza de que, si permanecía en silencio el tiempo suficiente, acabara marchándose.

—¿De dónde eres? —preguntó Johnny Boy.

—Del condado de Haldeman —dijo Wilson.

—Jugué al fútbol contra vosotros en el instituto. Los Leopardos, ¿verdad?

—No, yo fui al Breck.

Johnny Boy miró a Linda. Su cara se oscureció súbitamente, como una hondonada tapada por parras. Linda le señaló la puerta con la barbilla y Johnny Boy se marchó a toda prisa.

—Para que lo sepa —dijo Wilson—. Yo no pedí esta misión.

—¿Qué tiene que ver Knox con todo esto?

—Un contacto local, me dijeron.

—¿Estás a sus órdenes?

Su tenso silencio se encargó de darle la respuesta, al igual que el pausado rubor que le cubrió el cuello y le invadió el rostro. Le recordó a los pollitos teñidos que vendían en Pascua en las tiendas de baratijas. Morían al cabo de un mes, envenenados por el tinte.

—Eres mi primer agente del FBI —dijo Linda—. ¿Qué necesitas?

—Su informe de lo ocurrido.

Linda abrió un archivador y sacó una carpeta. Él la cogió como si se tratara de un huevo poco hecho.

—Cuando termines —dijo—, me lo devuelves.

—¿Dónde podría leerlo?

—Tú verás, pero no salgas de la comisaría ni hagas copias. Yo evitaría el escritorio de mi ayudante. Parece que te ha cogido tirria. ¿Tienes idea de por qué?

—Mi instituto no tenía equipo de fútbol. Demasiado pequeño.

Ella asintió, pensando en que los hombres nunca superaban su obsesión infantil por los deportes. En la localidad de Rocksalt había hombres canosos que se reunían en la bodega para beber cerveza y rememorar la gloria de sus proezas en el instituto. Cada vez que entraba un cliente, giraban la cabeza al unísono, esperando que fuese alguien que los recordara.

Capítulo nueve

El sol de la mañana se alzó sobre la colina y surcó la cresta, desencadenando las llamadas territoriales de las aves. Por primera vez en una semana, Mick no tenía dolor de cabeza, ni náuseas, ni fatiga en las extremidades. Se dio la vuelta para seguir durmiendo, pero una vez despierto, con la conciencia activada, no pudo volver a conciliar el sueño. Pensó en Peggy y trató de expulsarla de su mente saliendo de la cabaña y limpiándose el barro de las botas con un cuchillo. Se acordó de los palos que utilizaba de niño para raspar la tierra de sus Converse de caña alta. En treinta años, lo único que había logrado era un calzado mejor y una herramienta más eficaz para limpiarlo.

Mick se vistió y se alejó de la cresta en la camioneta. Al llegar al asfalto puso rumbo al oeste. Nonnie Johnson había vivido con su cuñada en una garganta que discurría a lo largo de un riachuelo y que se iba estrechando a medida que se avanzaba. Un puente de roble cruzaba sus aguas, con los maderos grises por la intemperie. Al otro lado, el camino terminaba en un jardín con el césped muy bien cuidado. Aparcó junto a dos coches y una Ford F-150 cuatro por cuatro último modelo. Un perro salió corriendo y ladrando de la casa, avisando a los ocupantes de la presencia del intruso y advirtiendo a Mick que se quedara en la camioneta. Bajó la ventanilla y esperó.

La puerta mosquitera se abrió y salió un hombre con una 38 de cañón largo apuntando levemente hacia el suelo. Un rápido movimiento de muñeca le bastaría para encañonarle.

—Siento mucho lo sucedido —dijo Mick—. Soy Mick, el hijo de Jimmy Hardin.

El hombre bajó un poco más la pistola y se dirigió a la camioneta sin apartar la mirada feroz del rostro de Mick.

—Nunca te había visto por este valle —dijo.

—He estado fuera. En el ejército.

—¿Irak?

Mick asintió.

—¿En el desierto hace tanto calor como dicen?

—Sí —dijo Mick—. Es como estar en el infierno con la espalda rota, para que te hagas una idea.

—¿Lo has dejado?

—Estoy de permiso. Mi hermana me pidió que me pasara por aquí. Es la sheriff.

—¿Qué quiere?

—Bueno —dijo Mick—. En estos casos, alguien tiene que hablar con la familia.

—Ya hablamos.

—Los tocapelotas de la estatal están mareando a mi hermana de aquí para allá. Si no habláis conmigo, obtendrán una orden para que vayáis al pueblo, a la comisaría.

El hombre escupió un pegote de mascada. Una mosca verde se abalanzó esperándose un buen refrigerio. Decepcionada al ver que era tabaco, se retiró. Mick abrió la puerta de la camioneta.

—No voy armado —dijo Mick—. No vas a necesitar esa pistola.

—No es por ti —dijo el hombre—. Quienquiera que matara a Nonnie podría volver por aquí en cualquier momento.

—Me parece sensato.

Ahora que estaba fuera de la camioneta, no le llevaría ni dos segundos hacerse con el control de aquella pistola.

—¿Nonnie era tu tía? —preguntó Mick afablemente.

—¿Cómo lo sabes?

—Me lo suponía. ¿Crees que podría hablar un minuto con tu madre?

El hombre sostenía la pistola a un lado despreocupadamente, como si fuera una bolsa de lona, e hizo un gesto con la cabeza hacia la casa. Mick subió los escalones. Eran nuevos, pintados de gris. La puerta mosquitera también era nueva. Alguien se preocupaba de tener la casa cuidada.

En el salón había un viejo sofá de brazos anchos y planos con el tejido desgastado, tres sillones y un televisor. En una pared colgaba únicamente un retrato de Jesús, rubio y de ojos azules. En otra, todo un despliegue de fotos familiares y escolares de niños, junto a unos cuantos retratos en blanco y negro de gente seria vestida con sus mejores galas. Un estrecho tramo de escaleras conducía a la planta superior. El hombre avanzó hacia el fondo por el pasillo hasta una habitación en la que se oía un murmullo de voces.

De la cocina salió una mujer. Rondaría los cuarenta años, era corpulenta y llevaba un vestido suelto, pantuflas y el pelo largo recogido con una pinza.

—¿Tienes hambre? —dijo—. Los chicos me han dejado sin huevos, pero queda un bollo, si te apetece.

—No, gracias, señora Johnson —dijo Mick.

—Llámame Lee Ann. ¿Dices que eres un Hardin?

Mick asintió.

—Conozco a los tuyos. —Con un gesto de cabeza corroboró la categoría de la familia de Mick—. Siéntate un rato.

Cada sillón estaba desgastado a su manera, con abolladuras en los reposacabezas a diferentes alturas. Mick se sentó en el sofá, suponiendo que estaría destinado a los invitados. Lee Ann le alcanzó una taza de café.

—Gracias —dijo Mick—. Siento mucho lo de su hermana.

—Ahora está con Jesús.

Mick sopló sobre el café humeante, a sabiendas de que se escaldaría la lengua si no esperaba. Las voces del fondo volvieron a alzarse, estridentes como las de los viajantes de comercio.

—Me preguntaba si podría contarme algo —dijo Mick—. Quizá algo que no quisiera que llegase a oídos de un extraño.

—¿Como qué?

—Como por ejemplo quién podría estar cabreado con Nonnie. O si el hijo de su hermana tenía problemas con alguien, o quizá los suyos, los de usted.

—No lo creo, no.

—¿Y en el trabajo? —dijo Mick.

—Era cajera en el Dollar General. No es que haya mucho jaleo por allí.

—Tal vez un problema con el jefe o con algún compañero de trabajo.

—No, todos la querían. Hablaba con todo el mundo.

—¿Tenía algún asuntillo con alguien? Quiero decir, ¿algún pretendiente o algo así?

La mujer se tiró de la manga, golpeteó el brazo del sillón y miró al suelo.

—No —dijo con voz firme—. Nadie.

Las voces del fondo se alzaron de nuevo, imbricadas, como si se hubiesen enfrascado en una discusión o alguien estuviese tratando de imponer su criterio. Mick dio un sorbo al café, respirando por la boca para enfriarlo. La mujer desplazó la vista hacia la imagen de Jesús y Mick se imaginó que llevaba años practicando con el silencio.

La puerta del final del pasillo se abrió y desveló el final de una conversación.

—No me queda otra —dijo un hombre.

—Eres el único que puede hacerlo —dijo otro.

La puerta se cerró e irrumpieron en la estancia tres hombres de cerca de treinta años, dos eran gemelos idénticos. Mick se puso de pie y los saludó con la cabeza.

—Soy Mick —dijo.

—Yo Wade —dijo el mayor—. Y estos son mis hermanos, Noel y Joel.

—A uno ya lo conozco —dijo Mick, sonriendo—. No sabría decirte a cuál.

—Yo no logré distinguirlos hasta que cumplieron los cinco —dijo Wade.

—Yo sí —antepuso Lee Ann—. El remolino que se le hace a Joel en el pelo supera al de Noel en más de un centímetro.

—Siempre dices eso, mamá —dijo uno de los gemelos.

Mick asintió y dio otro sorbo al café.

—Si os parece bien —dijo—, me gustaría hablar con el hijo de Nonnie.

—Frankie está destrozado —dijo Wade—. No quiere ni salir de la cama.

—No me extraña —dijo Mick—. Me parece de lo más normal.

—No —replicó uno de los gemelos—, ya estaba hundido de antes. Lleva hundido un par de años.

—¿Por eso se vino a vivir aquí? —dijo Mick

Los hermanos se miraron, frunciendo el ceño. Wade dio un paso adelante y endureció la voz.

—¿Alguien se ha metido con Frankie? —preguntó.

—No —dijo Mick—. También pasa en mi familia. Mi tío lo llamaba «los no hay tutía». A veces se tiraba meses sin hacer nada. No salía de casa. Ni se aseaba ni comía.

—Perder a su madre ha sido la puntilla —dijo Wade.

—Aun así querría hablar con él.

Mick deslizó la mirada por los tres hombres y se detuvo en la mujer. Ella tendría la última palabra.

—Podría venirle bien —dijo Mick.

—Bueno —dijo ella—, lo que está claro es que daño no le va a hacer.

Wade se hizo a un lado y Mick avanzó por el pasillo, oyendo que lo seguían los tres hermanos. Llamó a la puerta y entró. La habitación era pequeña y tenía un antiguo armario de pie en lugar de uno de obra. En la cama yacía un joven hecho un ovillo, como un niño, ocultando el rostro. Llevaba unos calzoncillos largos y una camiseta. Una colcha le cubría los pies.

—Frankie —dijo Wade—, este hombre desea verte. Mamá dice que no hay problema.

Frankie ni se movió ni habló. Las cortinas cubrían la ventana, salvo por una rendija que dejaba pasar un resquicio de luz. En el exterior se escuchó el reclamo de un cardenal, tan risueño como siempre.

—Frankie —dijo Mick—, estoy tratando de averiguar qué le sucedió a tu madre.

—Lárgate —dijo Frankie.

—Quiero ayudar.

—Déjame en paz.

Frankie tiró de la colcha y se cubrió la cabeza. Mick abandonó la habitación, le dio las gracias a Lee Ann, hizo un gesto con la cabeza a cada uno de los hombres y salió. Antes de que se fuera, Wade se plantó junto a la camioneta.

—¿Toma algún tipo de medicación? —preguntó Mick.

—Cuesta un ojo de la cara.

—¿Y habla con alguien? ¿Algún tipo de especialista, quizá?

—No deja la cama ni para comer, no te digo ya para ir al pueblo. Y esa gente no hace visitas a domicilio.

—¿Acaso hay alguien que siga haciéndolas todavía?

—Tú —dijo Wade.

Mick posó la mirada en Wade, disponiéndose a entrar en modo interrogatorio, toda su atención tendida como una red para captar hasta el último matiz.

—¿Sabes quién podría haber agredido a tu tía?

Wade recorrió el patio con una mirada nerviosa y luego la fijó en la casa.

—Bueno —dijo—, ninguno de nosotros, eso seguro.

—¿Entonces otra persona?

—No sé por qué te piensas que yo podría saberlo.

Mick asintió. Wade no había respondido a la pregunta. Eso y su forma de evitar el contacto visual decían mucho. Lee Ann había hecho lo mismo cuando le preguntó por la posible presencia de un hombre en la vida de Nonnie.

—Está bien —dijo Mick—. Sé que está siendo duro para vosotros. Nos vemos.

Dejó atrás el valle y condujo hacia el pueblo. Las mentiras de la familia solo significaban una cosa: sabían quién era el asesino y querían cobrarse su propia venganza. En las afueras, se detuvo y sacó el teléfono de la guantera. Tenía tres llamadas perdidas de su oficial al mando en Alemania, y la última incluía un mensaje de voz. Lo ignoró. Prefirió no escuchar al coronel Whitaker recordándole categóricamente que ya había sobrepasado el permiso por emergencia familiar. Llamó a su hermana.

—Soy yo —dijo—. Tengo que ponerte al día. No pienso ir a tu oficina.

—¿Qué tal la cárcel?

—No es mi lugar favorito.

—Puede que esta vez no te importe —dijo Linda—. Tenemos a un hombre encerrado por el asesinato de Nonnie.

—¿Lo has acusado?

—Sí y no. Acusado está, pero no hemos sido nosotros. Lo trajo el FBI. Hay algo que no huele bien en todo esto.

—Vale. Dame unos minutos para comer algo.

—Media hora —dijo Linda y colgó.

Mick condujo hasta una gasolinera con un cartel que rezaba: SALCHICHAS EMPANADAS LOS MIÉRCOLES. Se comió una lata de salchichas de Viena con galletas saladas, el tentempié que más había echado de menos en el extranjero, acompañado de una botella de Ale-8. Era el único refresco autóctono de Kentucky y había entrado en el mercado después de Coca-Cola, Pepsi y Dr. Pepper. La demora de la empresa dio lugar al nombre: «A Late One», abreviado como Ale-8-One.* Compró otra botella y un Twinkie, y puso rumbo a la cárcel.

---

* En inglés, «A late one», que podría traducirse como «uno atrasado» o «uno tardío», se pronuncia igual que «Ale-8-One».

Capítulo diez

La cárcel estaba cerrada y los mùros de piedra se veían más sombríos que de costumbre en el solar vacío. Mick llamó a Linda, que le informó de la nueva ubicación de la cárcel, en el antiguo recinto de un almacén de tabaco. Llegó antes que ella. Un Mercury entró en el aparcamiento, un modelo obsoleto que salía a muy buen precio en las montañas porque las piezas escaseaban. Le faltaba el parachoques. Una pareja de ancianos salió del vehículo, la mujer llevaba una bolsa, el hombre un bastón hecho a mano. Pasaron junto a Mick con la cabeza gacha, avergonzados de que los vieran visitando a un familiar.

Linda aparcó el todoterreno y fue al encuentro de su hermano. Se la veía elegante con el uniforme y Mick se preguntó si tendría varios o si se planchaba el mismo todas las noches.

—¿Qué necesidad hay de una nueva cárcel? —preguntó.

—Drogas, sobre todo. Metanfetamina y oxicodona. Últimamente heroína.

—¿Heroína?

—Sí. Viene de Detroit.

—¿Cuándo inauguraron este sitio? —preguntó Mick.

—Hará un par de meses. Se presentaron todos los políticos de Frankfort para cortar la cinta. Dijeron que era la cárcel más bonita de la historia.

—¿La antigua estaba hasta arriba?

—Oh, ni te imaginas. La mayor parte del tiempo había que compartir las celdas. Los fines de semana hasta cuatro hombres en la misma. No tenían espacio ni para rascarse el culo.

—Entonces, ¿por qué cerrarla? Podrían haberla aprovechado para los borrachos.

—Pasta —dijo Linda.

—¿Salía muy caro el mantenimiento?

—No, la vendieron por tres millones de dólares. La universidad va a abrir una sucursal.

Mick asintió. Era algo muy propio del estado inaugurar una facultad en un edificio sin ventanas, sin terrenos y sin aseos individuales. Uno de los cometidos municipales era educar a los exconvictos, pero le resultaba imposible imaginarse a alguien que quisiera asistir a clases en el mismo edificio en el que había cumplido condena.

—¿Por qué se han metido los federales en tu caso?

—Ni idea. Es solo un tío, asignado provisionalmente. Johnny Boy ya lo tiene cruzado.

—¿A quién tienes entre rejas?

—A Tanner Curtis.

—¿El Adoptado?

Linda asintió.

Durante doce años los padres de Tanner habían intentado tener un niño, luego lo adoptaron en una agencia de Lexington. Su llegada salió en el periódico como la primera adopción en la historia del condado. Tímido y callado, Tanner caía bien, pero nunca fue aceptado del todo. En una cultura que veneraba la sangre familiar por encima de todas las cosas, la comunidad nunca llegó a fiarse de Tanner. En todo el condado se referían a él como «El Adoptado».

—Por teléfono dijiste que algo no te olía bien —recordó Mick.

—El FBI no ha tardado ni dos días en encerrarlo. El único tipo del condado que no le importa a nadie.

—¿Y qué dice Tanner?

—Nada —contestó ella—. Ni una palabra. Por eso quiero que hables con él.

—Está bien. Pero lo haré a solas.

—Yo tengo que estar presente para que sea oficial.

—Por eso mismo.

—¿Qué quieres decir?

—Cualquier cosa que le saque, te informaré —dijo Mick—. Luego podrás entrar. No te preocupes, se doblará como una horquilla.

—No me gusta.

La estela de un avión se dibujó por encima de la cumbre más cercana, trazando una línea blanca sobre el azul celeste. Estaba demasiado lejos para oírlo. Mick se preguntó si los animales lo habrían advertido, si las aves se habrían puesto en guardia. El final de la estela comenzó a desintegrarse en una mancha de vapor irregular que derivó hacia la frondosa franja verde de los árboles.

—Está bien —dijo Linda—. A la mierda.

—Ese es el espíritu, hermanita.

Entraron en la cárcel y pasaron por un control de seguridad que incluía un escáner de cuerpo entero. Un guardia los condujo a una sala de interrogatorios frente a la que Linda le dirigió a Mick una última mirada de desaprobación. Mick entró y cerró la puerta. La cabina era igual en todas las instalaciones —diseñada para intimidar al sospechoso—, pequeña, con el aire viciado, una mesa atornillada al suelo, una argolla en la mesa para las esposas y dos sillas. Aunque era nueva, la habitación ya olía a sudor.

Tanner tendría poco más de veinticinco años. Lucía un corte de pelo copiado de la televisión, rapado a los lados y un poco más largo y suelto por arriba. Llevaba la camisa metida por dentro y su cinturón relucía. Mick estimó que era el atuendo de un hijo único muy querido. Tenía los rasgos marcados que siempre daban bien en cámara: mandíbula robusta, ojos grandes y pómulos pronunciados. Estaba esposado.

Mick se sentó y le ofreció el Ale-8 y los tentempiés. Tanner hizo el amago de alcanzarlos pero, al momento, vaciló como un cachorro que teme ser golpeado por violar una norma ignorada.

—Está bien —dijo Mick—. Yo ya he comido.

Mick salió de la sala y encontró a su hermana viendo la transmisión en vídeo del interrogatorio. El audio, que podía reproducirse ante un tribunal, se grababa en un dispositivo aparte. De mala gana, Linda hizo que un guardia le quitara las esposas al prisionero. Mick volvió a entrar y observó a Tanner mientras se terminaba el Twinkie y se bebía la mitad del refresco. Esperó a que el azúcar y la cafeína hicieran efecto. Tanner enderezó ligeramente la postura y se le ensancharon los ojos.

—Yo no soy policía —dijo Mick—. Nada de lo que me digas va a salir de aquí.

Con un movimiento lento y calculado pulsó el botón de la consola de audio para detener la grabación. Se echó hacia atrás y se llevó las manos a la nuca, exponiendo abiertamente el cuerpo.

—Lo curioso de los Twinkies —dijo Mick— es que duran más que cualquier otro alimento. En Maine tienen uno de cuarenta y cinco años.

—¿Con el envoltorio? —preguntó Tanner.

—No, eso mismo pensé yo. Lo tienen ahí puesto, sin más. No saben qué hacer con él.

Tanner se lamió el relleno de crema de los dedos.

—Sabes por qué estás aquí, ¿verdad? —preguntó Mick—. No pinta nada bien.

Tanner frunció el ceño y lanzó una mirada a la cámara de vídeo instalada en la pared.

—Es para tu protección —dijo Mick—. Evita que a los policías se les vaya la mano. No te preocupes, a mí no me va ese rollo.

Tanner parecía inquieto y receloso, las reacciones naturales al encarcelamiento. Su expresión no era desafiante y tenía las extremidades relajadas, no cruzadas en señal de defensa. Mick esperó, atento a cualquier tic nervioso o gesto de la mano. Nada en Tanner indicaba que fuese un asesino, lo que significaba que podía ser inocente o bien un sociópata. O las dos cosas. Los ojos le brillaban con una inteligencia soterrada, un rasgo que Mick también poseía. Los habitantes de las montañas aprendían enseguida a ocultar lo inteligentes que eran.

—Tanner —dijo—. No hablar hace que parezcas culpable. Da la impresión de que estás ocultando algo. La policía piensa que se trata de un asesinato. La mayoría de la gente, al verse en tu situación, se apresura a negarlo. O confiesan porque se sienten mal. Pero no hablar es lo peor.

Tanner miró la cámara de vídeo de la pared y sacudió la cabeza. Mick se puso de pie y se desabotonó la camisa, dejando al descubierto la camiseta. Se la levantó para mostrar que no llevaba micrófono y, acto seguido, se acercó a la cámara. Mirando al objetivo, sabiendo que su hermana lo observaba, se quitó la camisa y la lanzó para tapar la lente. Volvió a sentarse y dejó que Tanner pensara un par de minutos en la propuesta de privacidad. El tiempo suficiente para que calara su significado antes de que la paranoia hiciera acto de presencia y comenzara a preguntarse si se trataba de un truco. Tanner alzó la mano simulando que estaba hablando por teléfono.

—Nada de teléfonos móviles —dijo Mick—. No me gustan.

La expresión de Tanner adoptó el desdén de la incredulidad. Mick se puso de pie y se vació los bolsillos: nada más que su cartera y el recibo del almuerzo.

—Lo dejo en la camioneta —dijo Mick—. La gente se enfada si no contestas y más aún si no les devuelves la llamada. Además, existe una especie de protocolo sobre llamar o enviar mensajes de texto que no acabo de entender.

—¿Alguna vez has tenido que llevar uno? —dijo Tanner.

—Sí, por curro. El jefe me obligaba, pero ya no trabajo ahí.

—¿Dónde?

—En el ejército.

—¿Lo dejaste?

—Sí y no —dijo Mick—. Técnicamente, ahora mismo llevo seis días ausente sin permiso. Te agradecería que eso quedara entre nosotros.

Mick apartó la vista rápidamente, como si le preocupara haberse ido de la lengua. La tensión inicial se había atenuado. Mick había revelado información personal para establecer una conexión. Ahora eran dos hombres que ocupaban un mismo espacio reducido, no en igualdad de condiciones, pero menos distantes que al principio. Debido a los paneles acústicos que amplificaban el sonido, Mick bajó el tono de voz.

—Hace tres noches asesinaron a una mujer en Choctaw. El FBI te lo ha endosado. Esos tipos no se andan con chiquitas. Yo puedo ayudarte.

—¿Por qué?

—Bueno, supongo que en realidad estoy ayudando a mi hermana. Es la sheriff. No le hace gracia que los federales estén intentando hacerse con las riendas. ¿Conocías a Nonnie Johnson?

—Sabía quién era. Fui a la escuela con algunos parientes suyos.

—¿Estuviste en Choctaw esa noche?

—No.

—Tienes que decirme dónde estabas, así funciona la cosa.

—No puedo. No pienso decírtelo.

—De acuerdo —dijo Mick—. Entonces, ¿qué tal si me dices por qué no puedes? Estoy seguro de que hay una buena razón.

—La hay.

—Eres un hombre soltero, ¿verdad?

Tanner asintió, entrecerrando los ojos de una manera que Mick interpretó como un incremento de desconfianza. La pregunta había tocado un punto vulnerable.

—En realidad, no me importa —dijo Mick—. Si te lo pregunto es porque las mujeres casadas no quieren que sus maridos se enteren de que los están engañando. ¿Es eso lo que estabas haciendo? ¿Andabas detrás de las faldas de la mujer de otro? Lo único que te tiene que preocupar es si está casada con el hombre con el que estás hablando. Pero mi esposa, bueno, en estos momentos podría estar embarazada de otro tío. Así que creo que de esa te libras.

—¿Qué?

—Digo que mi mujer está…

—Te he oído. ¿Por qué me cuentas eso?

—¿La verdad? —dijo Mick.

Tanner asintió.

—Para que confíes en mí —dijo Mick.

—¿Por eso me diste de comer?

—En parte. Además, sé cómo es la comida de la cárcel. Mierda con sal.

Se produjo un prolongado silencio durante el cual Tanner miró al vacío e hizo una serie de muecas mientras pensaba. En dos ocasiones comenzó a hablar y al momento se detuvo como si una cuerda invisible le hubiera cerrado las mandíbulas. Meneó la cabeza. Se removió intranquilo y se crujió los nudillos. Cuando suspiró y se inclinó hacia delante, Mick supo que había decidido hablar.

Al cabo de cinco minutos, Mick salió de la sala de interrogatorios. Linda se reunió con él en el vestíbulo, no del todo fuera de sí, pero casi. Tenía los hombros tan tensos que parecía llevar hombreras bajo el uniforme.

—¿Algo? —preguntó.

—Sí.

—Más te vale que valga la pena —dijo—. Tengo al carcelero metido en el culo como un cohete.

—Qué bonito.

—No te hagas el listo. Te metes ahí solo con él, sin grabación. Resulta que ese tío está muy crecidito con su nueva instalación y con el protocolo. Se me ha puesto a hablar de un modo que me ha sacado de quicio: «pro-to-co-lo», como un niño pequeño con una palabra que se acaba de aprender.

—Salgamos de aquí —dijo Mick—. Tengo muchas cosas que contarte. Pero no en tu despacho.

—No pienso subir a la cabaña del abuelo.

—Entonces, en tu casa.

Mick se alejó antes de que ella pudiera protestar. La oyó gritar su nombre exasperada. Una vez fuera, se subió a la camioneta y arrancó.

Capítulo once

Linda vivía en la casa de su infancia, la había heredado de su madre hacía varios años. Estaba en el centro del pueblo, al final de la avenida Lyons. Mick aparcó en la calle y esperó. De niño se dejaba caer por allí de vez en cuando, pero siempre había sentido el resentimiento que emanaba de su madre como una fiebre de baja intensidad. Al no tener hermanos y solo contar con tíos casados, la madre de Mick veía a los varones como criaturas misteriosas, ruidosas y molestas. Mick había confirmado todas sus creencias y ella había centrado su atención en Linda con la esperanza de que desdeñara la tradición familiar, se casara con alguien de más categoría y se mudara a Lexington. Pero la hermana de Mick había incumplido todas las ilusiones de su madre, decepcionándola hasta enterrarla de manera prematura.

Linda introdujo el todoterreno en el camino de acceso y se detuvo antes de llegar al esmirriado garaje. El vehículo era demasiado ancho para permitirle apearse con facilidad. Después de sortear cubos de basura, tres rastrillos oxidados y una carretilla con una rueda pinchada, abrió la puerta mosquitera de aluminio y destrabó la puerta de madera de la cocina. Mick la siguió al interior. Siempre habían entrado por allí. La parte delantera se reservaba para el predicador, los invitados y los niños que llamaban al timbre en Halloween.

La cocina conservaba el mobiliario original, de pino nudoso con bisagras largas y ahusadas. Las encimeras eran de formica, blancas con bumeranes dibujados de amarillo claro formando un patrón entrelazado. El viejo linóleo seguía cubriendo el suelo, descolorido por las pisadas que conducían al fregadero, al horno y a la nevera. De un clavo colgaba un calendario de hacía cinco años sobre otros más antiguos, una costumbre de su madre. Con la edad se había ido obsesionando cada vez más con el tiempo: en la casa había nueve relojes, once calendarios y tres temporizadores de cocina. En cada ventana, por fuera, había instalado además un termómetro, testimonio de su otra obsesión. Mick recordaba llamadas telefónicas en las que su madre se interrumpía cada dos por tres para ponerse al tanto de la hora y la temperatura. Él se abstenía de señalar lo obvio: ¿qué más le daría el tiempo o la hora a una mujer que llevaba cuatro años sin salir de casa?

Mick siguió a Linda hasta el salón. Un gigantesco televisor de última generación dominaba el espacio. El resto seguía igual: el mismo sofá raído, el mismo sillón, las aparatosas mesitas auxiliares y las feas y gigantescas lámparas. Mick se acordaba de cuando conducía su coche de juguete por el perímetro de aquella alfombra. Al principio estaba adornada con una franja blanca, pero su madre la cortó.

—Me gusta cómo lo has dejado —dijo Mick, despatarrándose en un lado del sofá.

—Supuse que me casaría y que acabaría vendiéndolo todo, o que mi marido tendría muebles. A veces pienso que carezco de estilo hogareño.

—Tienes uno bastante claro. El de mamá.

Se rieron juntos y los años se esfumaron. Bien podrían haber sido unos niños partiéndose de risa por una broma privada.

—Siempre fue muy crítica con la decoración de los demás —dijo Linda—. «El sentido del gusto solo lo tienen en la boca.» Se lo oí decir mil veces.

—Sobre todo en referencia a la gente que ponía cosas en el jardín: flamencos, girasoles de plástico, gnomos…

—Pero las decoraciones festivas le parecían bien. Eso no lo tiré. Once cajas para Navidad, cinco para Pascua y doce para las demás. El Día de la Bandera, Acción de Gracias y el 4 de julio.

—¿Y qué hay del Día de la Marmota? —preguntó Mick.

—Tú y tus animales —dijo ella—. ¿Qué tal va el mordisco que te metió la mula?

—Debería cambiarme el vendaje, pero va bien.

El silencio se deslizó entre ellos, quebrado por el tic-tac de numerosos relojes. Mick se preguntó cómo habría sido su vida si su padre no hubiese muerto, de haber crecido en aquella casa. Probablemente habría acabado dirigiendo un concesionario de coches o gestionando el supermercado IGA local, y odiando todo lo relacionado con su vida: el trabajo, el pueblo, a su mujer y su propia ambición frustrada de largarse. De todas maneras, ahora odiaba casi todo eso.

—Bien —dijo Linda—. ¿Qué pasa con el Adoptado?

—Es inocente.

—¿Eso te dijo?

—Tiene una coartada. Pero no hablará, ni yo. Te lo diré, pero solo de modo extraoficial.

—No es lo que tenía en mente.

—Me diste carta blanca.

—¿Su coartada se sostiene?

—Sí —dijo Mick—. Ahí vas a estar blindada.

—¿Puedes verificarla?

—Tal vez. Requerirá un pequeño esfuerzo.

Linda fue a la cocina, sirvió agua del grifo en un par de vasos y los llevó de vuelta al salón. El de Mick era de cristal esmerilado y tenía una impresión descolorida del estado de Kentucky con los lugares de interés. Los únicos que se señalaban de las montañas eran las Cavernas Carter y las Quebradas de Big Sandy.

—De acuerdo —dijo Linda—. Es extraoficial y no se lo diré a nadie. Te doy mi palabra.

—La noche que Nonnie murió, Tanner estaba en Lexington en un bar gay.

—¿Qué coño?

—Salió pronto del trabajo, pasó por su casa y se duchó. Se cambió de ropa y fue hasta allí en coche. Se quedó sentado fuera cerca de dos horas, armándose de valor para entrar. Estuvo dentro una hora y media. Al salir se dirigió al Arby's, luego paró en una gasolinera. Llegó a casa alrededor de la medianoche.

—¿Te lo crees? —dijo ella—. Porque yo no. Ese tío no tiene nada de gay.

—Él tampoco estaba muy seguro de serlo, pero pensó que lo mismo lo era. Probó un par de veces con Grindr. La primera vez el tipo no se presentó. La segunda, condujo hasta Flemingsburg y le robaron. Eso fue hace un año. El sábado pasado fue a Lexington.

—¿Y ya lo tiene claro?

—No exactamente. Al menos no del todo. Y por eso le creo. Se sintió todo el rato como un extraño. Eran gente de Lexington. Tíos de ciudad grande. Él no encajaba y lo sabía. Conoció a tres tipos y lo despreciaron. Dijo que nunca se había sentido tan mal. Volvió a casa deprimido.

Mick se bebió la mitad del vaso de agua.

—Aquí, en Rocksalt —continuó—, Tanner no puede dejar que nadie se entere. Allí, lo excluyeron por ser de aquí. Como coartada, es demasiado personal para habérsela inventado. Admitirlo es demasiado penoso. Yo le creo.

—Tal vez no fue el sábado por la noche.

—Lo he pensado. Compró gasolina y pagó en el Arby's con tarjeta de crédito. Fácil de rastrear. Pero eso es casi lo único que podemos verificar. No hay cámaras de seguridad en el local. Los empleados no hablarán de los clientes. Si piensas que el Código de Silencio de la policía es infranqueable, espérate a toparte con el de los maricas. Ese no hay quien se lo salte.

—Hay que joderse —dijo Linda—. Hay que joderse pero bien, la madre que lo parió.

Mick asintió con la cabeza y volvió a echar un vistazo a la estancia. Las pesadas cortinas de su madre llegaban hasta el suelo, y por arriba estaban rematadas por una gruesa cenefa que ocultaba el armazón y la barra. Aquella habitación siempre le había parecido pequeña, abarrotada de tejidos.

—¿Cómo has conseguido sacarle todo eso? —preguntó Linda.

—Primero de Interrogatorio. Comida y bebida, seguido de algunos secretos propios. ¿Registraste su casa?

—Sí, y nada de nada. Había una mesita estrecha justo al lado de la puerta con seis revistas. Arriba una *Playboy*, luego unos ejemplares de *Maxim*. Incluso un par de viejas *Penthouse* debajo del todo. Me pareció extraño. Ahora me parece triste de cojones.

—Podría ser peor —dijo Mick—. Al menos no está conviviendo con los relojes de su madre.

—Ja, ja, ja, me parto. Al final desmonté el cuco del reloj. Ahora las puertas se abren, pero no sale nada.

—La historia de mi vida.

Linda se rio y él se sintió satisfecho de sí mismo, como si volviese a ser el niño que la entretenía en la vieja cabaña. La gente mayor no sabe hablar con las niñas, se limitan a darles cosas. Mick supuso que él también había aprendido esa lección. Se había casado con Peggy en parte porque no pedía mucho. Y por eso él le había dado todo.

—Hablé con la familia de Nonnie —dijo Mick—. Saben más de lo que dejan entrever.

—¿Como qué?

—Como que Nonnie tenía un lío con alguien.

—¿No piensan decir con quién?

—Ni siquiera confirman que estuviese liada.

—Pero tú sí lo crees.

—Se les notaba en la cara. La clásica actividad facial de ocultación y bloqueo. Sin negaciones rotundas. Creo que saben quién la mató. Están intentando que su hijo haga algo al respecto.

—¿Frankie? —dijo Linda—. Ese no mueve el culo ni para espantar una mosca.

—Creo que tiene depresión clínica. Es más probable que se dispare a sí mismo que a cualquier otra persona.

—¿Y eso dónde nos deja?

—¿Dijiste que fue el viejo señor Tucker quien halló el cadáver?

—Sí —dijo ella—, recolectando ginseng.

—Iré luego a verlo.

—¿Y qué hay de Cabronazo Barney?

—Tal vez fue él, tal vez por eso se está escondiendo.

Linda se puso de pie y comenzó a dar vueltas trazando un círculo estrecho, un hábito de la infancia en el que recaía cada vez que se sentía frustrada. Mick sabía que a continuación ordenaría algún desajuste solo visible para ella. Y, en efecto, acomodó las cortinas, produciendo una nube de polvo que fue a posarse en el suelo.

—Supongo que tendré que soltar a Tanner —dijo—. Eso va a cabrear que no veas al del FBI.

—¿Te importa?

—La verdad es que no, pero a lo mejor debería. El muy puñetero de Murvil Knox quiere darme pasta para las elecciones.

—¿Vas a presentarte?

—No lo sé. Me gusta el trabajo.

Mick asintió, preguntándose cómo habían acabado ambos trabajando en las fuerzas del orden. No había antecedentes de algo así en la familia. Tal vez atendía a un deseo de orden generado por una infancia fracturada.

—Pedazo de tele —dijo Mick—. ¿Has hecho algún otro cambio por aquí?

—Quité las fotos del pasillo. Siempre me pareció raro que mamá pusiera las fotos de la familia en la única parte de la casa donde no llega la luz.

Mick se levantó y echó un vistazo al pasillo. A pesar de la penumbra, podían distinguirse una serie de marcas pálidas donde habían estado colgadas durante años las fotografías. El papel pintado se había vuelto amarillento a su alrededor. Era como contemplar una galería de fantasmas.

Cruzó la cocina hasta la puerta lateral. Linda lo siguió.

—Tengo que decirte una cosa.

Mick asintió, suponiendo que sería algo a propósito de Peggy.

—Llamaron por teléfono —dijo—. Un asistente de la guarnición o algo parecido.

—Es el asistente del comandante.

—Quería saber si andabas por aquí. Le dije que estabas en Alemania. Que no se te ve el pelo desde el invierno.

—Bien —dijo Mick.

—¿Estás metido en un lío?

—Aún no.

—No te imagino cometiendo un delito.

—Se me acabó el permiso. Eso me convierte en un desertor.

—¿Por ayudarme a mí?

—No —dijo—. Es por Peggy, no tiene que ver contigo.

Mick se marchó y Linda llevó su vaso vacío a la cocina. Su hermano siempre había sido de lo más reservado, pero nunca con la familia. Su reticencia en relación al tema de Peggy le preocupaba. Linda solo podía imaginarse una razón por la que pudiera estar tan angustiado y viviendo en la cabaña. Y no quería pensar en las repercusiones que aquello tendría sobre su matrimonio.

Capítulo doce

El coche apestaba a comida basura rancia. Las manchas de grasa cubrían el salpicadero y el volante estaba resbaladizo. Vernon y su compañero llevaban desde el mediodía aparcados en un tramo de tierra al pie de una colina, ocultos tras una fila de pinos. Ya habían verificado en otras dos viviendas que su objetivo no residía con la familia. Ahora estaban en el puto bosque. A Vernon no le gustaba. Era un hombre de ciudad. Le gustaban las farolas, las vallas publicitarias y las aceras. Prefería las emisiones de los tubos de escape al hedor a tierra que se colaba por la ventanilla. Tendría que haberse puesto un calzado más adecuado que aquellos mocasines de cuero con los calcetines translúcidos. Ansiaba una conversación.

Su anterior compañero hablaba por los codos y opinaba de todo, mujeres, armas, deportes, televisores, automóviles, películas y ropa. Sus afirmaciones, rotundas, cambiaban en un abrir y cerrar de ojos, y se contradecía en cuestión de minutos, aunque siempre las expresaba con la misma vehemencia. A Vernon no le hacía falta ni hablar. Una vez, en un trayecto por la interestatal, su antiguo compañero se puso a debatir durante nueve horas acerca de qué restaurante era mejor: el Arby's, el McDonald's, el Burger King, el Taco Bell o el KFC. Básicamente, discutió consigo mismo, señalando cualidades y defectos, hasta que llegó a un empate. Entonces Vernon gruñó en señal de conformidad. ¡Y a los dos minutos, el tío se puso a maldecir para añadir que se había olvidado por completo del Chipotle!

Su nuevo compañero, Freddie, rara vez hablaba y se comunicaba con palabras sueltas, tipo «cigarrito», «pis» o «comida». Más que nada, se dedicaba a hacer girar una navaja entre los dedos, como si fuera una porra minúscula. Vernon se preguntaba si aquel silencio significaba que podía estallar en cualquier momento y destriparlo como a un gorrino allí mismo, en el asiento del coche. Eso le llevó a plantearse qué lado del vehículo era más seguro. Sentarse al volante ofrecía más protección. Así, al menos, el asalto requeriría más precisión en el manejo del arma. Vernon se había echado hacia delante por si acaso, estaba prácticamente encorvado sobre el volante. Le dolía la zona lumbar. Y lo que era peor, empezaba a sentirse como un imbécil. Tenía frío y estaba aburrido, y para colmo su compañero era mudo.

—¿Qué sabemos de ese tío? —preguntó.

Freddie se quedó un buen rato mirando por la ventanilla.

—Bebe —dijo, por fin.

—Y no vive con su mujer —dijo Vernon—. Eso puede decirnos algo.

Freddie se encogió de hombros. «Genial», pensó Vernon.

Desde el bosque llegó un sonido impetuoso de hojas revueltas. Vernon se llevó instintivamente la mano a la pistola. Repasó todo lo que sabía sobre osos: no les dispares en la cabeza, la bala rebotará. Corre siempre cuesta abajo, los osos no pueden. Si te ves acorralado, súbete a un árbol que resulte demasiado frágil para el oso, pero ¿cómo saber qué árbol no soporta el peso de un oso? El alboroto se fue haciendo más intenso a medida que el oso se aproximaba. Se planteó subir la ventanilla, pero concluyó que la necesitaba bajada para poder disparar. Freddie se movió a su lado y miró por la ventanilla empuñando la navaja en una mano y la pistola en la otra. El sonido estaba ya muy cerca, un estrépito pavoroso, como una sucesión de detonaciones a medida que el animal se acercaba. Vernon desenfundó la pistola con el corazón desbocado y con la vista atenta a los árboles. Una ardilla apareció correteando entre la hojarasca del bosque y saltó hacia el tronco de un nogal joven. El ruido cesó. Los dos hombres guardaron sus armas.

—Mira, colega —dijo Vernon—. El último tío con el que trabajé hablaba sin parar. Me sacaba de quicio, pero al menos llenaba el tiempo. Tú y yo tenemos que hablar. No tiene sentido sobresaltarse por una ardilla.

—Ese tío que dices —repuso Freddie—, ¿no sería uno alto y flaco pero de movimientos lentos que se hacía llamar Cool Dick?

—El mismo.

—Palmó.

—¿En acto de servicio?

—Oí que fue por un asunto de faldas. Es el único tío con el que he trabajado hasta ahora.

—Lo mismo digo —dijo Vernon—. Se conoce que lo ponían siempre con tíos tranquilos. Inteligente. Pero ahora nos ha tocado a ti y a mí ser compañeros. Así que vamos a tener que hablar. No dejo de oír osos ahí fuera.

—¿Alguna vez se te puso a hablar de la comida rápida?

—Durante horas y horas, colega.

—Igualito que a mí —dijo Freddie—. Una vez mencionó una cosa que se me quedó grabada.

—¿Qué?

99

—Jamás oirás hablar de comida rápida italiana.

—Está el Fazoli's.

—Italiana, sí. Pero no rápida. Allí te hacen esperar un huevo.

—¿A partir de cuánto se deja de considerar rápida? —inquirió Vernon—. ¿Dos minutos? ¿Tres?

—Siempre que haya una ventanilla para pedir desde el coche, ese es el baremo.

—Ahí le has dado.

Vernon se apartó del volante, complacido al comprobar que su nuevo compañero no tenía intención de apuñalarle. El trabajo generaba paranoia, una especie de daño emocional colateral que era mejor admitir y, acto seguido, ignorar. Observó el camino de tierra, deseando que el objetivo se presentara antes del anochecer. El bosque le daba miedo por la noche. Suponía que por eso había tantas películas de terror ambientadas en bosques: brujas, casas encantadas, fantasmas y monstruos.

—¿Te gusta el cine? —preguntó.

Freddie se encogió de hombros.

—A mí me flipa —dijo Vernon—. Mis pelis favoritas son las de criaturas del espacio exterior.

—¿Rollo E.T.?

—No, tío. Rollo extraterrestres que atacan una nave espacial. ¿A ti cuáles te gustan?

—Las comedias románticas.

—Me estás vacilando.

—A las tías les encantan. Si haces un esfuerzo y logras que te guste lo mismo que a ellas, te hinchas a ligar.

Vernon se arrepintió de haber sacado el tema. Al menos con Cool Dick se podía tener una conversación decente sobre películas. Trató de pensar en otro tema de conversación.

Capítulo trece

Mick puso rumbo al este al salir de la casa de su hermana. El sol se había tendido sobre la ladera como si estuviera reposando, tiñendo de llamas las copas de los árboles situados al oeste. Siguió por la carretera asfaltada, adentrándose en las colinas, antes de ascender por un camino de tierra de pronunciada pendiente, más una torrentera que un camino propiamente dicho. Tras una curva cerrada accedió a un cerro que culminaba en una casa protegida por la espesura del bosque. Allí todavía brillaba sol y, por un momento, se compadeció de la gente que vivía en los valles donde ya habría anochecido.

Aguardó en la camioneta y se aseguró de que no hubiera perros. La gente que no estaba acostumbrada a recibir visitas en vehículos desconocidos era capaz de recibir a los extraños con un arma. Se acercó un poco más y revolucionó el motor por si el anciano se estaba quedando sordo. En el colegio, el conserje no solía hablar mucho, pero siempre estaba atento; en invierno avivaba la inmensa caldera con carbón, limpiaba un aula por día y reparaba cualquier incidencia de fontanería. Era amable y de voz calmosa, y Mick supuso que seguiría igual. Había observado que, mientras las mujeres tendían a endurecerse, los hombres se ablandaban al envejecer.

Un cardenal macho emitió su reclamo para llamar la atención mientras la hembra, de color óxido, volaba bajo y en línea recta hacia un zarzal. Intentaba despistar a Mick para alejarlo de su nido. La puerta mosquitera se abrió y el conserje salió al porche. A Mick le sorprendió ver lo bajito que era, no mediría más de metro y medio. El conserje se plantó al borde de la esquina del porche con una mano oculta a sus espaldas. Mick supuso que iba armado. Bajó la ventanilla de la camioneta y se asomó.

—¿Qué hay, señor Tucker? Lo conozco de cuando iba al colegio. Soy Mick Hardin. ¿Tiene un minuto para hablar conmigo?

—¿No tienes un hijo que se parece un montón a ti?

—Yo soy el hijo.

—¿Jimmy es tu padre?

—Sí, y mi abuelo era Homer Jack.

—Entonces, está bien.

Tucker asintió y Mick se bajó de la camioneta. Caminó hasta detenerse al pie de los escalones de roble. La brisa arrastraba el aroma del sasafrás y Mick se acordó de que su abuelo masticaba sus ramitas como si fuesen golosinas. Las hojas eran suaves como la gamuza.

—He venido por lo de esa mujer que apareció en Choctaw.

—¿Eres policía? —preguntó Tucker.

—No.

—¿Pariente de la mujer muerta?

—No.

—No veo qué otra razón ha podido traerte hasta aquí.

—Mi hermana es la sheriff.

—He oído hablar de ella —dijo Tucker—. ¿Tú no estabas en el ejército?

—Irak y Afganistán. Y en Siria hasta la retirada.

—¿Infantería?

—Al principio. Luego en la Aerotransportada. Al final he acabado en la División de Investigación Criminal.

—¿Y te reincorporarás, si se presenta la ocasión?

—Tal vez —dijo Mick.

—Yo también le di muchas vueltas.

—¿Estuvo en el ejército?

—En Corea. La 108ª Aerotransportada.

—Una guerra dura.

—Supongo que todas lo son, si te toca participar en ellas —dijo Tucker—. Sube al porche y siéntate.

Mick subió los escalones y se sentó en una silla trenzada de mimbre con el respaldo agujereado. El cojín era mullido como un gato. Tucker ocupó una mecedora, pero no se balanceó. Tenía cada ojo de un color y Mick se acordó de que aquello siempre había sido tema de conversación entre los compañeros de clase. Alguien aventuró que tenía parte de cabra.

—No es oficial —dijo Mick—. Solo le estoy echando una mano a mi hermana. Me dijo que usted halló el cuerpo.

—Parecía una Turner.

—Lo era. Casada con un Johnson.

—¿De la rama de los de Lower Lick Fork Creek que se mudaron a la ciudad?

—Podría ser —dijo Mick—. No estoy muy al tanto de su historia familiar.

El aire se calmó, una paloma gimió en la distancia y el sonido se propagó entre los árboles. La casa se asentaba sobre una cuña de tierra al final de la cresta, tan aislada como la cabaña de su abuelo, pero en un enclave mucho más bonito. La hierba se interrumpía en la ladera, bordeada por una franja de iris y forsythias.

Había dos robles de jardín que daban sombra a la fachada y permitían que el sol del invierno calentara el porche.

—¿Recuerda a qué hora la encontró? —preguntó Mick—. Estoy tratando de determinar la hora de la muerte.

—Estaba buscando ginseng.

—Ajá.

El anciano se le quedó mirando fijamente, como aguardando a que prosiguiera.

—¿No llevaba reloj? —dijo Mick.

—Estaba buscando ginseng.

—Sí, señor, eso ya me ha quedado claro.

—Crece en las laderas orientales. En lugares sombreados y frescos.

Tucker asintió. En su rostro se dibujaba una mueca de expectación, y Mick lo recordó de la época del colegio como alguien taciturno hasta el extremo de resultar misterioso. Entonces entendió lo que el anciano quería decir.

—Llegó temprano —dijo Mick—, para poder ver bien las plantas.

—Alrededor de una media hora después del amanecer. Si llegas un poco antes está demasiado oscuro. El sol tiene que situarse lo bastante alto sobre el cerro para alcanzar el fondo de la ladera. Como esperes demasiado no darás con ellas, por la sombra.

Tucker era de la misma generación que su abuelo y compartía las complicadas contradicciones propias de la vieja cultura del interior de las montañas. Franco, pero poco comunicativo. Honesto, pero reticente. Cauteloso, pero amigable.

—En el colegio solía pasarme por la sala de calderas para verle —dijo Mick.

—No eras el único.

—Allí se estaba tranquilo.

—Lo que se estaba era calentito. Os metíais allí los días de frío a la hora del almuerzo.

—Usted me enseñó a tallar en madera un equilibrador para cinturones.

El viejo asintió y los ojos se le arrugaron en una sonrisa que no le llegó a alcanzar la boca.

—¿Y cómo anda tu cinturón? —preguntó Tucker.

—Da gusto verlo.

—Lo último que uno quiere es que se le enrosque el cinto como la vaina de un algarrobo.

—Y que lo diga, señor —dijo Mick—. Eso es una putada.

—Mi esposa está en casa.

—Lo siento, señor Tucker. No volveré a hablar mal. ¿Vio a alguien más en Choctaw?

—No.

—¿Oyó algún vehículo?

—No.

—Si ese es su lugar favorito para recolectar, me imagino que irá de vez en cuando a ver cómo anda el ginseng.

Tucker volvió a mirarle fijamente. El tiempo y la edad habían hecho que la piel se le venciera sobre el borde exterior de las cuencas de los ojos, oscureciendo parcialmente los iris. Para reducir el menor atisbo de amenaza, Mick focalizó su ojo izquierdo en el derecho del anciano. Era una táctica de interrogatorio cuya eficacia siempre le había sorprendido. Si el sujeto se mostraba confuso o ansioso, cambiaba el enfoque —ojo izquierdo a ojo izquierdo—, lo cual obraba como una especie de reinicio. Tucker no ocultaba nada, se limitaba a esperar una pregunta, señal de hombre paciente e inteligente.

—¿En alguna ocasión se ha topado con más gente en Choctaw? —preguntó Mick.

—Sí.

—¿Sabría identificarlos?

—Sí.

—¿Le importaría decirme quiénes eran?

—Esa misma mujer y un tipo más joven.

—¿Lo conocía?

—Solo lo vi de espaldas.

—¿Recuerda cómo era?

—Pelo oscuro. Camisa de franela. Peto.

—¿Y la estatura?

—No podría decírtelo con exactitud. Lo miraba desde arriba.

Mick asintió y desvió la vista hacia el bosque. Una ardilla chilló desde un árbol, alertando a un arrendajo azul que se quedó inmóvil. La ardilla se alejó de un salto y el pájaro siguió a lo suyo.

—¿Qué cree que estará haciendo esa ardilla? —preguntó Mick.

—Busca bellotas.

—¿La ardilla se disputa las bellotas con el pájaro?

—Andan por ahí todos los días —dijo Tucker—. Intenté amaestrarlos, tanto a la una como al otro. No he tenido suerte. La ardilla es demasiado tonta. Y el arrendajo demasiado listo.

Se oyó un crujido en el interior de la casa, seguido de un ligero golpe y una tos. Tucker se puso de pie.

—Mi esposa —dijo—. Está enferma.

—Le agradezco su tiempo.

Mick se levantó y se dirigió a la camioneta. Levantó la mano en señal de despedida y se alejó del cerro, preguntándose dónde encajarían los perros y los gatos en la filosofía animal de Tucker.

Los perros eran leales y los gatos, unos supervivientes. Mick supuso que él tenía un poco de ambos. De lo contrario, no había ningún motivo que explicara que se quedase en Kentucky poniendo en peligro su carrera.

Capítulo catorce

Fuera del coche de Vernon reinaba la más absoluta oscuridad, no había luz ambiental, ni carteles luminosos, ni farolas, ni neones chillones invitándolo a una taberna. ¿Qué coño hacía la gente de por allí por las noches? ¿Dormir? El sonido de un vehículo se aproximó por la carretera, inesperado en medio del silencio. Una vieja camioneta que rodó colina arriba. Estaba demasiado oscuro para contrastar la cara del conductor con la fotografía, pero la camioneta se ajustaba a la descripción y ¿quién coño iba a deambular por allí aparte del objetivo?

Vernon esperó cinco minutos antes de ascender por la carretera con los faros apagados. Al llegar a la cima se detuvo.

—Puede que este se las traiga —dijo—. Entrenamiento militar y toda la pesca.

—Esos tíos no valen una mierda sin alguien que les dé órdenes. Yo me encargo de la puerta de atrás.

—La de atrás la quiero yo. Me aburro.

—Me la he pedido yo antes —dijo Freddie.

—¿Nos lo jugamos a piedra, papel o tijera?

—Que te den. Apaga esa luz.

Freddie se bajó del coche. Vernon utilizó el cañón de la pistola para romper el piloto de la luz interior. Los fragmentos de plástico rojo se desparramaron sobre el salpicadero. Tuvo el cuidado de no sacar del todo la llave del contacto, solo lo suficiente para que no sonara la alarma, pero lista por si había que emprender una huida rápida, un truco que había aprendido hacía años. Salió del vehículo y dejó la puerta abierta. Pistola en mano, avanzó por el arcén, procurando mantenerse en las sombras profundas, sin darse cuenta de que su despatarrado contoneo urbano y el sonido de sus zapatos delataban claramente su posición.

Mick había visto el coche escondido detrás de los pinos y se preguntó si lo habría enviado su oficial al mando. Semejante maniobra era inusual, pero el coronel acostumbraba a hacer las cosas a su aire, según le diera. Esa era una de las razones por las que a Mick le gustaba trabajar para él. Enviar a sus hombres para que lo devolvieran al redil y evitar una acusación de absentismo era inteligente. Fueran quienes fueran, no conseguirían desenvolverse en la oscuridad del bosque y armarían un buen jaleo, como un par de críos. La presencia de dos hombres le hizo suponer que cada uno se encargaría de cubrir una puerta.

Mick se dirigió al coche y cogió la llave. Dio un amplio rodeo alrededor de la casa, dejó atrás la cresta, descendió por una ladera y, a continuación, volvió a subir para acercarse a la cabaña por detrás. Se movió en silencio y con soltura hasta que divisó al hombre que estaba husmeando en la puerta trasera. El muy estúpido hijo de puta se servía del teléfono móvil a modo de linterna. En la otra mano sostenía una pistola de 9 mm. Mick se acercó. Respiraba por la nariz para evitar escuchar el sonido de su respiración en la diminuta cámara de eco de la boca. Nada existía, ni el bosque, ni la noche, ni la cabaña, ni siquiera él mismo. Aquel sujeto era su único centro de atención. Contuvo la respiración hasta que se situó justo a sus espaldas.

—Eh —dijo.

Asustado, el hombre dio un respingo y se giró. Mick le lanzó el antebrazo derecho a la cara y lo golpeó en la sien con el borde del codo. El hombre cayó de espaldas como si le hubiesen cercenado los tobillos. Mick lo sostuvo con ambos brazos y lo depositó en el suelo. Le arrebató el teléfono móvil, la pistola, la cartera y la navaja. Con rapidez, cortó unas cuantas ramas de la enredadera de Virginia que cubría la pared de la casa y lo amarró. Luego le cortó un trozo de camisa, se lo embutió en la boca y le afianzó la mordaza con más lianas. Si el hombre era alérgico, mala suerte, no haberse metido en el bosque.

El intruso de la parte delantera podía haber oído algo, así que Mick aguardó tres minutos escuchando con atención. Oyó el persistente zumbido de las cigarras, un cárabo proclamando su territorio y la llamada de un atajacaminos común. Luego se adentró en el bosque y rodeó la casa. Desde la densa sombra del viejo ahumadero observó al hombre con chaqueta de cuero que intentaba esconderse detrás de un roble del patio. La media luna iluminaba la noche lo suficiente para proyectar la sombra del árbol sobre la hierba, con la forma del hombre en la base. Aquellos eran tipos duros de la calle, jóvenes, con el mismo sentido común que el que Dios le otorgó a los gansos. Mick podría haberse deshecho de ellos con un tirachinas.

Lanzó una piedra contra la ventana de la cabaña. El hombre se agachó, una reacción que divirtió a Mick. ¿A cuento de qué agacharse cuando uno está escondido detrás de un árbol? El hombre pulsó un botón de su teléfono móvil, haciendo que el bolsillo de Mick vibrara. Esperó a que saltara el buzón de voz y entonces sacó el teléfono, devolvió la llamada y empezó a caminar hacia el hombre. El tipo contestó al momento, susurrando un hola. Situado justo detrás de él, Mick dijo: «¿Qué hay?». El hombre giró la cabeza y Mick lo golpeó en la sien con el cañón de la pistola. El tipo parpadeó un par de veces y avanzó un paso. Mick volvió a golpearlo y se desplomó.

A continuación lo desarmó y entró en la casa a por una cuerda. Le ató las muñecas por delante y después lo amarró con fuerza al roble. Trasladó al otro hombre a la parte frontal, le cortó las enredaderas y lo ató igual que al primero. Quedaron sentados, con la espalda pegada al tronco del árbol, como si el roble hubiera brotado entre sus cuerpos. Había atado la pierna del uno a la del otro, con los muslos, las rodillas y los tobillos pegados. Les pasó una última cuerda por el cuello, apretada pero no demasiado. Si cualquiera de los dos se movía, ambos sentirían que les cortaba la tráquea.

Dentro, se bebió dos vasos de agua. Estaba sudando a causa de la adrenalina y el esfuerzo. Con una linterna, se sentó en los escalones grises del porche y examinó lo que llevaban en los bolsillos. Permisos de conducir de Detroit. Una tarjeta de crédito cada uno. Cuatrocientos sesenta dólares entre los dos. Una vieja fotografía suya sacada de una página web militar. Tenía el rostro más delgado. El cuello de la camisa estaba torcido y dejaba entrever la línea del bronceado. En su primera campaña había sido un soldado entusiasta; ya no tanto en la segunda, a causa del despilfarro de recursos y efectivos. Demasiados compañeros muertos. Demasiadas traiciones de los contactos locales. El traslado a la Policía Militar reavivó su entusiasmo, que se consolidó con el ascenso a la División de Investigación Criminal.

Uno de los prisioneros se revolvió. Mick sacó un cazo de agua de la cisterna y lo vertió sobre sus cabezas. Se agachó y les golpeó la cara con la mano abierta. Los dos balbucearon y se pusieron a parpadear, primero por el agua y luego por el severo haz de luz de la linterna. Poco a poco se fueron dando cuenta de sus ataduras. Mick vio cómo se apoderaba de ellos la sensación de fracaso, seguida de frustración y rabia.

—Eso ha sido un baño de bichos —dijo Mick—. El bidón de la lluvia se llena de insectos. Pero están muertos, así que no pican. En ese sentido, estáis a salvo.

—Que te follen —dijo el de la puerta trasera.

—Tú eres Frederick Clarence Kornspudt —dijo Mick—. Apuesto a que de niño te llamaban Cornhole.* Eso te curtió, ¿verdad? ¿Eres un tío duro? Lo averiguaremos.

Mick desvió el haz de la linterna hacia el otro hombre.

—Y tú eres Vernon V. Armstrong, Junior. No me lo digas, la V es de Vernon.

—Victor —dijo Vernon.

—Conocí a unos cuantos Armstrong de pequeño. ¿Tienes familia por aquí?

Vernon se encogió de hombros.

—Serás de los que se largaron al norte a trabajar en las fábricas de coches. Supongo que eso no iba contigo. Es una pena. Fichar seguro que es mejor que verte ahora aquí, atado a un árbol como un perro.

—¿Qué quieres? —preguntó Vernon.

—Ahí está —dijo Mick—. La pregunta del millón. Pero como aquí el que no está atado soy yo, seré yo quien pregunte. Así que dime tú, Vernon, ¿qué quieres?

Desde el arroyo, la cacofonía de las pequeñas ranas se vio interrumpida momentáneamente por el imponente croar de una

---

* En jerga «agujero del culo», «ojete».

113

rana toro. Por encima de la arboleda se veía, como si fuese espuma, parte de la Vía Láctea.

—Muy bien, muchachos —dijo Mick—. Nadie habla. Sois duros como nueces. Os diré lo que ya sé: os ha enviado alguien. Lo que ignoro es quién y por qué. Podéis decírmelo o podéis dormir aquí fuera y retomaremos la conversación por la mañana.

Ninguno habló. Mick se puso de pie y avanzó hacia ellos.

—Vale, hora de dormir. Tengo que ataros más fuerte, pero me he quedado sin cuerda. Me apañaré con unos pulpos. Puede que os corten la circulación. No os preocupéis, soy madrugador. No se os gangrenarán las piernas.

Apagó la linterna y se dirigió a la oscuridad.

—La atrofia de las extremidades tampoco es que importe mucho porque estamos en territorio de linces. Las hembras están en celo así que los machos andarán por ahí detrás de ellas. Ya sabéis cómo es la cosa. No pueden evitarlo. Darán con vosotros antes de que los pulpos os provoquen un daño serio en el sistema nervioso.

Subió los escalones y entró en la casa, asegurándose de dar un buen portazo con la mosquitera. Sonrió para sí mismo. Los linces evitaban a la gente, salvo durante el mes de agosto, cuando seguían los lechos de los arroyos secos hasta los valles en busca de agua. Esos dos idiotas de Detroit no tendrían ni idea. Los oyó susurrar en el patio y se apostó mentalmente a que responderían en dos minutos. Perdió, uno de ellos lo llamó al cabo de cuarenta segundos.

—Hablaremos —dijo—. Pero tienes que dejarnos marchar.

—No hay trato —dijo Mick.

Entonces llegó a sus oídos otra conversación apurada.

—¿Qué quieres saber? —gritó el mismo hombre.

Mick salió, encendió la linterna y la apuntó hacia ellos. De la pila de leña sacó un leño de roble. Los cuchillos asustaban a la gente más que las armas de fuego, pero un buen garrote era lo más amenazante. Suponía que era el vestigio de algún recuerdo primitivo, un miedo neandertal. Una antorcha prendida era el arma más aterradora, pero su preparación requería demasiado tiempo.

—¿Quién os envía? —preguntó.

—Charley Flowers —dijo Vernon.

—¿Quién es ese?

—Nuestro jefe.

Mick le atizó a Freddie un buen garrotazo en la espinilla. Freddie chilló e intentó zafarse, pero las cuerdas que lo ataban a su compañero lo retuvieron. Otro truco que Mick había aprendido en el desierto: la sacudida del impacto se transmitía a la pierna del otro hombre y este experimentaba el dolor como propio. Freddie dejó de retorcerse y Mick volvió a golpearlo, con más fuerza.

—Charley Flowers —dijo Mick.

—Mete heroína de Detroit en las montañas —dijo Vernon.

—¿Y eso qué tiene que ver conmigo?

Vernon guardó silencio y Mick volvió a golpear a Freddie, más cerca de la rodilla.

—¿Qué coño, tío? —dijo Freddie—. Si no he dicho nada.

—Por eso mismo.

Mick le dio un par de golpecitos en la rodilla y luego echó el palo hacia atrás para asestarle un buen estacazo.

—Espera —dijo Freddie—. No.

—Pues ponte a cantar.

—Cabronazo Barney es el hombre de confianza de Charley por aquí arriba. Cada dos semanas queda con un conductor en el área de descanso de la I-64 y obtiene la mercancía.

—¿Qué área de descanso?

—La que queda más cerca de Rocksalt.

—¿Y por qué os enviaron a por mí?

—Charley oyó por ahí que andabas buscando a Cabronazo Barney. No sabía quién eras, si de la DEA o posible competencia. Nos encargó que lo averiguásemos.

—¿Y después qué?

—Si eras de los federales, debíamos volver a casa.

—¿Y si no?

—Advertirte que dejases en paz a Cabronazo Barney.

—¿Algo más?

—Eso es todo.

—Nunca es todo —dijo Mick—. ¿Cómo supisteis de la existencia de este lugar?

—Nos lo dijo Charley.

El aire se enfrió bruscamente y los sonidos nocturnos cesaron. Se avecinaba una tormenta; un viento repentino, seguido de relámpagos y lluvia. Una buena noche para beber bourbon bajo el roble y escuchar el golpeteo de miles de gotas de agua sobre miles de hojas a su alrededor. Pero no iba a ser posible, no aquella noche. Tenía demasiadas cosas que hacer. Podía entregarle a Linda sus prisioneros, pero no habían cometido ningún delito. Si eran exconvictos, su hermana podría acusarlos de posesión de armas de fuego. Demasiado papeleo para nada.

—¿Cómo va esa pierna? —preguntó.

—Me duele —respondió Freddie.

—Charley Flowers y su negocio de drogas me la traen floja. Tengo que hablar con Cabronazo Barney. Miradlo de esta manera. Las fuerzas del orden andan tras él y eso se interpone en vuestros asuntos. Vosotros me facilitáis que hable con él y las cosas volverán a ser como antes.

—¿Y qué hay de nosotros? —quiso saber Freddie.

—Os vais a casa, a Detroit.

—No sé —dijo Vernon—. A Cabronazo Barney no le va a gustar.

—¿Y qué? —dijo Mick—. Vosotros sois el músculo de la Ciudad del Motor. Lo que decís se lleva a cabo. O podéis decirle al señor Flowers lo que ha pasado aquí esta noche. Os proporcionaré un par de pequeñas heridas de bala para que sea lo suficientemente verosímil y que se lo crea. Las monjas tienen un hospital en Rocksalt, pero si vais llamaría la atención, y eso no os conviene. El problema es que, heridos y sangrando, el viaje de vuelta a Detroit os va a resultar bastante largo. Pero no os preocupéis, si eso es lo que queréis, por mí no hay problema. Un disparo a cada uno, limpio, sin daños vitales, procurando que no roce ninguna arteria. Os vendaré las heridas. ¿Cómo lo veis?

—No sabemos dónde está —dijo Vernon.

—¿Quién le dijo a tu jefe que andaba tras él?

—La madre de Cabronazo Barney.

Mick se rio. La anciana se la había colado.

—Tengo hambre —dijo—. ¿Vosotros tenéis hambre, muchachos? Vamos a comer algo y luego iremos a hacerle una visita a la señora Kissick.

Dentro de la casa, Mick descargó las armas de los hombres, abrió tres latas de SpaghettiOs y salió con ellas. Les cortó las cuerdas de las muñecas. Mick comió con un tenedor, a ellos les dio cucharas.

—Tío —dijo Vernon—, me chiflan los SpaghettiOs. Es lo único que comía de niño. Aunque están mucho mejor si los calientas.

Aquí se come así todo el tiempo, latas y cucharas. ¿Es alguna clase de movida campestre y tal?

—No —dijo Mick—. No me fío de vosotros con un tenedor.

—Con una cuchara puedes sacarle un ojo a alguien.

—Cállate —dijo Freddie—. Estoy intentando comer tranquilo.

Mick les dio agua y luego le arremangó a Freddie la pernera del pantalón. Desplazó el fino tejido hasta la rodilla sin dificultad, tenía tres marcas rojas.

—La piel está intacta —dijo Mick—. Te saldrán unos buenos moretones, pero podrás caminar. Iremos en vuestro coche.

Los hombres asintieron. Mick cortó las cuerdas y los condujo hasta el coche a punta de pistola.

—Vernon conduce —dijo Mick—. Freddie, tú también irás delante. Yo atrás. Como vea algo raro, dispararé a través de los asientos para amortiguar el ruido. ¿Entendido?

Una vez instalados en el vehículo, Mick hizo aparecer las llaves, lo que sorprendió a los dos hombres. Freddie miró a Vernon y meneó la cabeza con desprecio.

Capítulo quince

Dejaron atrás el cerro en silencio, salieron a la carretera asfaltada y luego tomaron vías secundarias para llegar a la casa de los Kissick. La luz del porche se encendió y salió a recibirles un hombre con un rifle. Mick sonrió: era la peor arma para aquella situación, inapropiada para distancias cortas. Bajó la ventanilla.

—Soy Mick Hardin —dijo—. ¿Eres el hijo de la señora Kissick?

—Sí —dijo el hombre—. Soy Mason.

—Necesito hablar un momento con tu madre.

—Ya se ha ido a la cama.

—Ve a buscarla —dijo Mick—. Dile que se trata de un asunto de negocios. Vengo con dos muchachos de Detroit.

—No le gusta que la despierten.

—Mejor que lo hagas tú a que me ponga a tocar el claxon y luego tengas que explicarle que ha sido culpa tuya. Venga, hazlo. No nos llevará mucho tiempo.

Mason permaneció inmóvil veinte segundos, una versión infantil de desafío, y luego entró en la casa. A los pocos minutos, salió encogido de hombros por el disgusto.

—Ha dicho que tú puedes entrar. Ellos no.

—De eso nada —dijo Mick—. No pienso dejarlos solos. Podrían largarse.

—¿No puedes esposarlos o algo así?

—¿Tienes unas esposas por ahí?

Mason negó con la cabeza.

—Pues yo tampoco —dijo Mick—. Voy a salir, pero de aquí no me muevo. Ve a buscar a tu madre.

El hombre asintió y volvió a entrar en la casa.

—Dame las llaves y baja la ventanilla —le dijo Mick a Vernon—. Como a cualquiera de vosotros le dé por salir del vehículo, os hago picadillo.

Mick descendió del coche y se situó lo bastante apartado de la ventanilla para que Vernon no pudiera alcanzarlo. Se había alzado una media luna, suspendida en el cielo como un plato roto, que empañaba la luz de las estrellas vecinas. Un cárabo hembra emprendió su agudo balbuceo al que siguieron de inmediato los reclamos de dos machos que se disputaban su favor.

Shifty Kissick salió al porche en pantuflas y con una larga bata de franela sobre el camisón. Uno de los lados de la bata se veía más vencido que el otro y Mick supuso que sería por el peso de un arma. La había subestimado una vez, pero no volvería a hacerlo. Mason se situó junto a ella con el rifle.

—Señora Kissick —dijo Mick—. Siento haberla hecho levantar.

—¿Qué quieres?

—Estos gorilas de Detroit han intentado pillarme por sorpresa.

Shifty escudriñó dentro del coche oscuro.

—No los conozco —dijo.

—Yo tampoco. Pero estoy dispuesto a dejarlos ir y olvidarme de lo que me han dicho.

—¿Sobre qué?

—Sobre su negocio familiar. La heroína. Charley Flowers. Toda esa vaina.

—Yo no me creería nada de lo que hayan podido decirte.

—Charley Flowers los envió para advertirme que dejara de buscar a su hijo.

—Ya veo lo bien que les ha ido.

—Señora, creo que usted sabe dónde está su hijo. Déjeme hablar con él y enviaré a estos muchachos de vuelta a Detroit. Si me veo obligado a matarlos, el señor Flowers se va a ver ante un serio dilema. Una de dos, o envía hombres más peligrosos, o corta por lo sano y le pasa la heroína a otro contacto que no sea usted.

—Eso me convertiría en tu enemiga. A mí y a todos los Kissick.

—Me consta, señora. Pero yo me volveré al extranjero. En el peor de los casos, no podré regresar a casa nunca, lo que tampoco es tan de lamentar, teniendo en cuenta cómo me ha ido esta última visita.

—Tienes una esposa que vive por aquí —dijo ella.

—Me va a permitir que se lo diga sin rodeos, señora Kissick. Yo en ningún momento he amenazado a su familia y le agradecería que me concediera la misma cortesía.

Shifty asintió.

—Gracias —dijo Mick—. Después de hablar con su hijo, no volverá a verme el pelo.

—No está aquí.

—¿Le importaría llamarlo? No le llevará más de un minuto.

—¿Qué quieres de él?

—Saber a quién vio en Choctaw. A qué hora. En qué tipo de coche iban.

—No va a gustarle.

—Señora, a usted no le gusta que la despierten. A mí no me gusta tener a estos dos chicos de Detroit en el coche. El hecho es que a ninguno de los que estamos aquí nos gusta nada de esto. Así que si logra que su hijo se ponga al teléfono, podremos olvidarnos de todo lo que no nos gusta y dormir un poco.

A la tenue luz del porche el rostro de la señora Kissick se mostraba inexpresivo, y eso le impresionó. Por un momento, se preguntó cómo habría acabado si, en lugar de aquella mujer recluida que coleccionaba relojes, su madre hubiese sido la señora Kissick. Ahora estaría pasando droga por los cerros y Cabronazo Barney se habría marchado al ejército.

—El teléfono —le dijo la señora Kissick a Mason.

Mason le alcanzó un teléfono móvil. Ella pulsó un solo botón y, al cabo de unos segundos, empezó a hablar demasiado bajito para que Mick pudiera oírla. Si las cosas se torcían, la heriría en una pierna en el momento en que Mason alzara el rifle. Ver a su madre herida lo pondría nervioso y Mick podría eliminarlo fácilmente.

Shifty le devolvió el teléfono a su hijo, este bajó con él los tres escalones y cruzó el patio. Mick se dirigió a la parte trasera del coche.

—Déjalo sobre el capó —dijo.

Mason miró a su madre, que asintió rápidamente, e hizo lo que Mick le había pedido.

—Mason —dijo—, necesito que me hagas un pequeño favor. ¿Qué tal si apuntas con el rifle a los del coche mientras yo hablo con tu hermano?

De nuevo miró a su madre para que lo aprobara. Ella asintió y Mick cogió el teléfono. El nombre del contacto decía: «C.B.». Mick se lo llevó a la oreja.

—Eres un hombre difícil de encontrar —dijo.

—No quiero que me encuentren.

—Sé que estuviste en Choctaw la noche que mataron a Nonnie Johnson. Quiero saber quién más andaba por allí.

—No pienso decirte nada.

—No hablo en nombre de la ley —dijo Mick.

—No es la ley lo que me preocupa.

Mick ladeó la cabeza, pensando a toda velocidad. Lo que quiera que supiera Cabronazo Barney había hecho que tomara la decisión de esconderse. Tenía miedo a alguien.

—¿De quién te estás escondiendo? —preguntó Mick.

—¿Estás sordo? No pienso decirte nada. Solo hablo contigo porque mamá me lo ha pedido.

—Lo entiendo —dijo Mick—. Eres leal a tu madre.

—Pues claro, no te jode.

—Tengo aquí conmigo a dos muchachos de Detroit.

—Ya me lo ha dicho mamá.

—Escúchame un momento, ¿vale? Podría llamar ahora mismo a mi hermana. Se presentaría con la estatal y el FBI. Se enterarían de lo de Charley Flowers y de que te dedicas a pasar heroína para él. Los encerrarán a todos, incluida tu madre. Lo último que quieres es tener a la mafia de Detroit en el culo. Y eres demasiado buen hijo para dejar que tu madre vaya a la cárcel por ti. Así que, ¿qué tal si me dices lo que quiero saber?

—Eres un puto gilipollas.

—Eso ya lo he oído mil veces. Dime algo que no sepa. ¿Quién mató a Nonnie? ¿De quién te escondes?

Cabronazo Barney habló durante dos minutos. Mick colgó y le hizo un gesto a Mason para que volviera a la casa. Lanzó el teléfono al patio y asintió a la señora Kissick.

—Gracias, señora —dijo—. Solo una cosa más.

—Siempre hay una cosa más —dijo ella.

—No le vuelva a contar a nadie dónde está la cabaña de mi abuelo. La próxima vez no me andaré con remilgos.

—No hay duda de que eres hijo de tu padre —dijo ella—. ¿Sabías que me cortejó aquí mismo hará unos cuarenta años?

—¿Y a usted no le gustaba?

—Oh, todo lo contrario. Pero en aquel entonces era un salvaje de lo peor.

—Eso he oído —dijo Mick—. Nos vemos.

Mick se subió al asiento de atrás, le devolvió las llaves a Vernon y le dijo que condujera de vuelta a la cabaña. Les ordenó que se sentaran bajo el árbol y lo hicieron sin rechistar. Era otra táctica de interrogatorio, obtenida a partir de sus observaciones sobre el adiestramiento de crías de elefante. Los encadenaban a una estaca durante sus primeros años de vida. Y cuando los liberaban, el domador clavaba una estaca en el suelo y los elefantes permanecían siempre cerca de ella.

Mientras Vernon y Freddie aguardaban sentados, Mick registró el coche concienzudamente, sin hallar nada.

—Muy bien —dijo—. Podéis marcharos.

—¿Qué estabas buscando? —preguntó Vernon.

—Munición extra.

Les devolvió las pistolas descargadas.

—Siento lo de la pierna —dijo.

—No me duele mucho —repuso Freddie, encogiéndose de hombros—. ¿Me podrías devolver el cuchillo?

—Puedes conseguir otro igual en cualquier parte —dijo Mick.

—Me lo regaló mi tío.

Mick se lo lanzó.

—Gracias —dijo Freddie.

Mick asintió. Los hombres subieron al coche.

—Podéis decirle a Charley Flowers lo que queráis —dijo—. Pero hacedle saber que no me interesan sus asuntos. Claro que si alguien vuelve a fisgonear por mi casa, empezarán a interesarme.

Vernon puso el coche en marcha. Mick se quedó mirando las luces traseras hasta que se desvanecieron en la oscuridad. Oyó cómo descendían la pendiente en primera, con el motor forcejeando contra el tirón de la gravedad. Cuando el sonido se disipó, entró en la cabaña.

Al pie de la montaña, Vernon se detuvo al llegar a la carretera asfaltada. Ahora el coche olía peor. El sudor del miedo siempre apestaba, pero era la primera vez que olía el suyo. Freddie encendió un cigarrillo y se bajó del coche, estiró la pierna y descargó el peso sobre ella. Vernon se le unió.

—¿Qué tal va? —dijo.

—No muy mal —dijo Freddie—. ¿Tu familia es realmente de por aquí?

—Sí. Se mudaron a Detroit en los años ochenta.

—Te alegrará que se largaran —dijo Freddie—. ¿Qué mierda de lugar es este?

—Mi padre me dijo que era el último Bosque Nacional que estableció el gobierno. El pueblo ya estaba aquí.

—Esta peña vive realmente en el puto bosque. —Freddie se rio, algo raro viniendo de él. El sonido fue áspero, como oxidado por el desuso—. Larguémonos de aquí.

—Se me ha ocurrido que lo mismo podría visitar a mis primos.

—¿Y eso? —preguntó Freddie.

—Para conseguir munición.

—Nos redujo como si fuésemos peces —dijo Freddie—. No pienso ir a por él sin refuerzos. Que le den por culo a ese tío y que le den también a este sitio.

—¿Y qué pasa con Charley?

—Le decimos que Hardin no es ni un competidor ni un federal. Que le hemos advertido que no se meta donde no le llaman. Trabajo hecho.

—Esa vieja sabe lo que pasó.

—No es de las que se van de la lengua.

—¿Y si lo fuera? —dijo Vernon—. A Charley no le hará ninguna gracia.

—Entonces qué, ¿nos quedamos aquí y arrasamos con todos? Hardin, Cabronazo Barney, la vieja y quienquiera que haya dentro de esa casa. ¿Ese es tu plan?

—Puede que mis primos nos echen un cable.

—Primos a los que ni siquiera conoces. Una opción cojonuda.

—¿Cuál es tu plan, entonces? —dijo Vernon.

—Irnos a casa y cobrar. Pasarnos una semana fumando hierba. Esperar el siguiente trabajo.

Vernon observó el denso bosque que los rodeaba, la tierra umbría, la estrecha franja de estrellas visible entre los cerros. Él tampoco quería quedarse allí. No merecía la pena correr el riesgo de sufrir una nueva humillación por una mera cuestión de orgullo.

—De acuerdo —dijo—. Pararemos en Dayton a comer.

En la cabaña, Mick yacía de espaldas, con la pistola en la mano, mirando el techo sombrío iluminado por un retazo de luna. Se imaginaba que aquellos dos chicos de ciudad no volverían a molestarle. Habían empezado desde abajo y habían ido ascendiendo hasta ponerse a las órdenes de un jefe importante, pero no eran conscientes de que habían tocado techo. De jóvenes, la confianza y la energía les habían sido de gran ayuda, pero ya no avanzarían más. No eran lo bastante listos, ni lo bastante audaces, ni lo bastante duros. Los tipos como ellos acababan siempre muertos o entre rejas.

Capítulo dieciséis

Mick se despertó a las siete en punto y enseguida se puso alerta; una reinita de pecho amarillo cantaba desde el sotobosque que se extendía al otro lado de la ventana. Por encima de la línea de los árboles, una franja roja surcaba el cielo azul claro. Tras cambiarse el vendaje del mordisco de la mula, se armó y se alejó de la ladera con la camioneta hasta una zona en la que el camino se ensanchaba. Sacó el móvil de la guantera y comprobó los mensajes: dos más de Alemania, que ignoró. Acto seguido, le envió un mensaje a Linda para que se reuniera con él en la parada de camiones de Smokey Valley para desayunar. Ella respondió al instante: «Cerrado hace 5 años, pringao. Nos vemos en el Bob's del acceso a la I-64. En 20 minutos».

Mick condujo hasta el Bob's, una gasolinera que vendía leche, huevos, tabaco y equipo de pesca. En un estante había una hilera de salvavidas naranjas envueltos en bolsas de plástico cubiertas de polvo, prueba de que a la gente de las colinas le preocupaba menos ahogarse que gastar dinero. Como decía su abuelo, si no sabes nadar mantente alejado de los lagos. En la parte del fondo había una mesa de vapor que desprendía un fuerte olor a salchichas. Cuatro ancianos sentados en un rincón bebían café y debatían animadamente sobre las posibilidades de los Cincinnati Reds. Linda llegó unos minutos tarde, con el pelo aún húmedo de la ducha.

—¿Vas a comer? —preguntó.

Mick asintió y se dirigieron a la barra. Una mujer delgada con un aro en la nariz les llenó unos platos de cartón con huevos revueltos, salchichas, panecillos, salsa de carne y rodajas de patata ennegrecidas. Linda se ajustó el cinturón del uniforme para sentarse en la pequeña silla. Llenó un tenedor con un fragmento de cada cosa, y luego habló.

—¿Qué es eso tan importante que tienes que decirme tan temprano?

—No aquí.

—Olvidé lo cabronazo y gruñón que eres por las mañanas. ¿Resaca?

—No, lo he dejado —dijo Mick—. No tienes que preocuparte de que sea como papá.

—Que te den por culo.

—¿Y soy yo el gruñón?

Comió como le habían enseñado, con una mano sujetando el panecillo. Su abuelo lo llamaba «el empujador», y Mick lo recordaba diciendo: «Alcánzame otro empujador». Terminaron de comer y se dirigieron al vehículo de Linda. La luz del sol se deslizaba por el solar lleno de baches, iluminando las manchas de aceite con arcoíris de rocío.

—¿Todavía tienes a Tanner Curtis encerrado? —preguntó Mick.

—No, lo solté anoche. Lo sabrías si te hubieses molestado en ponerte en contacto. También sabrías que recibí otra llamada de Alemania. Saben que estás aquí.

—Tenía que haber vuelto la semana pasada.

—¿La has cagado?

—Me cubrirá mi oficial al mando. Lo peor que puede pasar es que me apliquen el Artículo 15. No hay penalización, pero pueden exigirme terapia psicológica.

—Me compadezco del pobre médico al que le toque, como tengas que ir.

—No caerá esa breva —dijo Mick—. Es solo para gente con problemas emocionales o de abuso de sustancias. Lo que quiera que les hiciera ausentarse. Pero saben que voy a volver.

—¿Entonces por qué siguen llamando?

—No lo sé. Pero no pienso irme hasta que vea a Peggy, y no es algo de lo que quiera hablar.

—De acuerdo, hermano mayor. ¿Y de qué quieres hablar?

—Sé quién mató a Nonnie.

El rostro de Linda se contrajo, endureciéndose con una aguda intensidad. Abrió la puerta y se subió a la cabina. Mick se dirigió al otro lado y entró.

—¿Cuándo lo has averiguado? —preguntó Linda.

—Anoche.

—¿Por qué no me lo dijiste al momento?

—Hubo algunas complicaciones. Cuando las resolví, ya era tarde y estaba cansado.

—Jamás en la vida te he visto yo a ti cansado.

—Las complicaciones fueron rematadamente complicadas. La cuestión es que sé la identidad del asesino. Delmer Collins.

—¿Estás seguro?

—Hablé con Cabronazo Barney. Estuvo en Choctaw aquella noche. Delmer lo vio cuando se iba. Al día siguiente, Cabronazo Barney recibió una pequeña visita de un hombre que lo amenazó.

Por eso se esconde. No es la policía lo que le asusta, es el tío de Delmer. Murvil Knox.

—Ese hijo de puta —dijo Linda—. Por eso me metió al FBI en la oficina. Arrestó al Adoptado para desviar la atención de su sobrino.

Linda golpeó el volante tres veces, se miró el puño y luego meneó la mano como si se estuviese sacudiendo agua.

—¿Dónde está Delmer? —preguntó.

—Averiguarlo es mi siguiente paso.

—Necesito ver a Cabronazo Barney.

—Imposible —dijo él—. Acordé dejarlo al margen si me contaba lo que sabía.

—¿Dejarlo al margen de qué?

—Está metiendo heroína en las colinas. Hacen el intercambio en el área de descanso del condado de Eldridge, en la interestatal.

—A ver si lo entiendo. Tienes un testigo camello que no quiere comparecer porque tiene miedo. No sabes dónde está el asesino ni por qué lo hizo. Y yo tengo a un tipo que informa de cada movimiento que hago al tío del asesino.

—Más o menos —dijo Mick.

—Voy a tener que despistar al tío del FBI.

Mick asintió.

—Puedo llamar a la sucursal de Louisville —dijo Linda—. Decirles que tengo información sobre una red de heroína y que me falta personal para monitorizarla. Pediré que el agente especial Wilson se encargue de la vigilancia del área de descanso.

—¿Crees que te harán caso?

—Les diré que cualquier arresto será suyo, no mío.

—Es un buen plan, hermanita —dijo Mick—. Inteligente.

—¿Te dijo Cabronazo Barney lo del área de descanso?

—No, esa información la obtuve de otro modo.

—¿Una de tus complicaciones?

Mick asintió, pensando en Vernon y Freddie. Probablemente seguirían durmiendo después de haber conducido la mitad de la noche. No le caían del todo mal, esos muchachos grandotes similares a tantos otros que había conocido en las bases europeas.

—¿Algo más? —preguntó Linda.

—Mi instinto me dice que Delmer sigue por aquí. Su tío lo mantendrá cerca para controlarlo. Hagas lo que hagas, no dejes que Knox se entere de que estás pendiente de Delmer. Su matón asustó a Cabronazo Barney y esa familia no creo que sea de las que se asustan fácilmente.

—¿Oh, ahora resulta que conoces a toda la familia?

—Papá salió con la madre antes de casarse con mamá.

—Esto no mejora.

—Y podría ponerse mucho peor como Knox se entere de lo que sabemos.

Linda volvió a tomar aire. Mick supuso que la mano aún le dolía, de lo contrario ya se habría puesto a aporrear de nuevo el volante.

—¿Qué vas a hacer? —dijo ella.

—Voy a ir a hablar otra vez con el viejo Tucker. Lleva toda la vida viviendo en estas montañas. Si hay un buen lugar para esconderse, él sabrá dónde está.

—Tal vez.

—Será mejor que esto quede entre nosotros. A Johnny Boy ni mu.

—No te preocupes —dijo Linda—. Está en la otra punta del condado por una disputa territorial. Un hombre ha levantado una valla. El vecino dice que está en su terreno. La cosa es que se están peleando por cinco centímetros. La valla tiene cuatrocientos metros. El vecino dice que eso supone que le está robando cerca de ochocientos metros.

—Ambos deberían pedir una medición topográfica —dijo Mick.

—Ninguno tiene dinero para eso. Lo único que tienen es tierra y armas. Por eso Johnny Boy ha ido hasta allí en mi lugar. Se le da bien hablar con la gente.

—Y por eso no puede enterarse de lo que estamos haciendo.

Mick se bajó del todoterreno, se dirigió al lado del conductor y esperó a que su hermana bajara la ventanilla.

—¿Y ahora qué hostias quieres? —dijo ella.

—Asegúrate de enviarme un mensaje de texto justo después de llamar al FBI.

—¿Qué andas tramando?

—Es complicado.

Mick se dirigió a la camioneta y salió del pueblo, camino de las aisladas crestas que marcaban la frontera del condado de Carter. Al pie de la montaña de Tucker, redujo la marcha a paso de tortuga y subió la empinada pendiente. Una serpiente cabeza de cobre se había extendido a lo ancho de la carretera para absorber el calor. La camioneta hizo vibrar el suelo lo suficiente como para alertarla y obligarla a que se retirara. Una vez en la cima, Mick tomó la brusca curva que conducía al callejón sin salida de la cresta y a la casa de Tucker. Un perro blanco apareció corriendo por un lado de la casa, emitió un solo ladrido y se plantó ante la fachada con las orejas hacia atrás, el pescuezo erizado y la cola tiesa. Al minuto se abrió la puerta y salió el señor Tucker en ropa de faena, con la mano derecha parcialmente oculta en la espalda; Mick sabía que empuñaba una pistola.

—Señor Tucker —gritó Mick desde la cabina—. Soy Mick Hardin. Estuve aquí hace unos días.

El anciano asintió. Mick salió de la camioneta sin despegar la vista del perro, que no parecía muy contento.

—No conocí a su perro la otra vez —dijo Mick.

—No, estaba fuera por negocios.

—¿Muerde?

—Si yo se lo digo, te arrancará la pierna y te apaleará con ella.

—¿Podría hablar con usted un minuto?

—Supongo que sí.

Tucker le hizo un gesto para que se acercara al porche y Mick subió los escalones, ignorando intencionadamente al perro.

—¿Cómo se llama? —preguntó.

—Casi siempre lo llamo Perro. Nos simplifica mucho las cosas a los dos. He tenido siete perros llamados Perro. A mi mujer le gustaría superponerlos, que haya un cachorro cuando el anterior envejezca, pero sería un jaleo. Perro Uno, Perro Dos. Y así sucesivamente.

Mick asintió. El anciano estaba más dicharachero que la vez anterior, y supuso que sería por el café matutino y por haber dormido bien.

—¿Ha descansado? —dijo Mick.

—No has venido hasta aquí para hablar de perros y de qué tal duermo.

—No, señor, en absoluto. Es por lo de Nonnie Johnson. Tengo una pista sobre quién lo hizo. Creo que se está escondiendo en algún lugar de las montañas. El pueblo es demasiado pequeño. Usted conoce esta tierra mejor que nadie. ¿Dónde cree que ha podido ocultarse?

Un colibrí hundió el pico entre los pétalos morados de una campanilla. Un pájaro rival se lanzó hacia la misma flor y entablaron un duelo en el aire hasta que uno de ellos huyó hacia un sauce gatillo.

—Hay cuevas —dijo Tucker—. Los chavales se meten en ellas para beber.

—Puede que no sean lo bastante secretas.

—Tres o cuatro viejas viviendas en las que no vive nadie. Los caminos están cubiertos de maleza.

—¿Podría indicarme dónde están?

—No puedo dejar a mi esposa sola tanto tiempo. Conozco los nombres de las familias.

—Eso ayudaría.

—Caudill. Los hay a espuertas, pero la que te interesa es la madre de Boyd Caudill. La vieja casa de los Branham. Y algunas tierras de los Gibson. Toda esa gente se ha largado, pero las casas donde vivían siguen ahí. Como pasará con esta algún día.

—En mi opinión —dijo Mick—, aún le quedan unos cuantos años sobre la tierra.

—A mi mujer no.

El anciano dirigió la mirada brevemente hacia la puerta. Era raro que alguien de las montañas viviera hasta los ochenta, sobre todo una pareja.

—Lamento oír eso —dijo Mick. El anciano no dijo nada y Mick volvió a la camioneta. A menudo había imaginado una vida así para Peggy y para él: acabar sus días uno al lado del otro en un porche, disfrutando tranquilamente de los pájaros, los árboles y las flores. Quería medir el tiempo por el crecimiento de los árboles.

Capítulo diecisiete

A Linda siempre le había gustado pisarle fuerte y le encantaba ir a toda velocidad por el asfalto con la barra de luces encendida. Disfrutaba de la potencia del todoterreno, de su disposición a agarrarse con fuerza al asfalto y a sobrepasar los ciento sesenta en tramos rectos de cuatrocientos metros. La carretera, oficialmente, era la Comarcal 519, pero en la zona se la conocía como «la carretera de Clearfield», «la carretera de Poppin Rock» o «la carretera que va a Paragon». Discurría hacia el sur, junto a cementerios familiares y campos de maíz, siguiendo el cauce del arroyo Lick Fork hasta la comunidad de Zag. Redujo la velocidad al aproximarse a la frontera del condado. La llamada de emergencia había informado de un camino de grava a este lado del condado de Morgan con un Grand Prix en una zanja. Dos personas habían salido ilesas pero «no actuaban con normalidad».

Linda encontró el lugar sin problemas y su coche levantó una nube de polvo blanco sobre la piedra caliza machacada. El Grand Prix se había salido del camino al tomar una curva pronunciada y había acabado en la cuneta. El color del panel trasero de la derecha no coincidía con el del resto del vehículo, procedía de un desguace. En varios puntos, los parches autoadhesivos Bondo se habían desconchado hasta dejar a la vista el metal en bruto y dejaban escapar trazos de óxido, como si lloraran lágrimas rojas. Linda comprobó la matrícula. El coche estaba registrado a nombre de Roger Crawford, un nombre que identificó como el de un vendedor de marihuana de poca monta. Aparcó y se acercó al vehículo. Un joven yacía dormido de lado en el asiento trasero, con las manos metidas entre las rodillas encogidas.

Dos personas de poco más de veinte años estaban sentadas en el suelo con la espalda apoyada en un árbol caído. Tenían la ropa sucia, las camisas echadas a perder con quemaduras de cigarrillos. La mujer apoyaba la cabeza en la corteza. El hombre miró a Linda como si no hubiera nada que pudiera sorprenderle.

—Roger —dijo Linda—. ¿Eres tú?

—Sí.

—¿Quién es tu amiguita?

—Mi hermana.

Roger le dio un codazo a la mujer y esta se puso a mirar a su alrededor como una niña que acabara de despertarse de la siesta.

—¿Y tú te llamas…? —dijo Linda.

—Shawna —dijo ella—. Me llaman Shana.

—Ajá —dijo Linda—. Parece que os habéis salido de la carretera. ¿Quién conducía?

—Yo —dijo Roger—, pero no fue culpa mía.

—¿Qué pasó? ¿Se os cruzó un ciervo?

—No. Le tocaba conducir a él.

—¿A quién? —dijo Linda.

—A Jackie.

—¿El tipo del asiento trasero?

—Sí —dijo Roger.

—¿Quién es?

—Jackie Ray —dijo Shana—. Mi novio.

—Ajá —dijo Linda—. Ya veo. Le tocaba conducir a tu novio y Roger se estrelló. ¿Es eso?

Ambos asintieron y sonrieron, y Linda comprendió que estaban demasiado colocados para tratarse solo de hierba. Tenían que ser opiáceos.

—¿Lleváis alguna droga encima? ¿O armas?

—Sí —dijo Shana.

—Y no —dijo Roger.

—Vale —dijo Linda—, ¿sí y no qué?

—Pastillas sí, armas no —dijo Roger.

Shana asintió entusiasmada, como si esperara una recompensa por la respuesta correcta.

—Dámelas —dijo Linda.

Con movimientos lentos y espasmódicos, rebuscaron en los bolsillos de sus vaqueros y le entregaron unos recipientes de plástico opaco. Linda los examinó. Ambos procedían de la misma farmacia de Tampa, Florida, recetados por el mismo médico. Sesenta miligramos de Oxycontin, quince pastillas por frasco. A cada bote le faltaban cinco.

—¿Tenéis más en el coche? —preguntó Linda.

—Sí —dijo Roger.

—Bien. Os voy a retener un momento. No intentéis huir o tendré que arrestaros. Y no querréis que pase eso, ¿verdad?

Ambos negaron con la cabeza sin hablar.

—Perfecto —dijo Linda—. Esperadme aquí.

Se dirigió al coche, convencida de que estaban demasiado drogados para echarse a correr. En el suelo de la parte delantera había una lata de café llena de colillas. En la guantera encontró cuatro chocolatinas y veinticuatro frascos de Oxycontin, cuyas recetas habían sido extendidas en cuatro farmacias distintas.

Abrió la puerta trasera. En el suelo había una hamburguesa con queso a medio comer y un recipiente vacío de Oxycontin. Con cierto temor, palpó a Jackie, luego le presionó la carótida con los dedos y no le encontró el pulso. Le tiró del brazo, pero el *rigor mortis* impidió que se moviera, lo que significaba que llevaba varias horas muerto.

Linda regresó a su coche, solicitó una ambulancia y llamó a la policía estatal. Luego volvió junto a Roger y Shana mientras se preguntaba cuánto tiempo habrían estado conduciendo con un hombre muerto en el coche.

—Roger —dijo Linda—, tengo que preguntártelo. ¿Volvéis de una escapada a Florida? ¿De pillar oxicodona?

—Sí.

—Tenía entendido que solo te dedicabas a la hierba.

—Así era —dijo—. Pero ahora lo que quiere la gente es oxicodona.

Lo esposó, lo ayudó a ponerse de pie, lo llevó a su coche y volvió a por Shana.

—Ayúdame a comprender una cosa —dijo Linda—. Dijiste que le tocaba conducir a Jackie cuando tu hermano se metió en la zanja.

Shana asintió motivada.

—No me explico cómo ocurrió el accidente —continuó Linda.

—Jackie no se despertaba.

—De acuerdo. ¿Y qué hicisteis?

—Roger tiró por esta carretera y redujo la marcha, pero yo no conseguía despertar a Jackie. Roger extendió el brazo por encima del asiento para sacudirlo y el coche se salió de la carretera.

—¿Y luego qué?

—No lo recuerdo. Llegaste tú.

—Bien —dijo Linda—. Voy a tener que esposarte y te sentarás con Roger en mi coche. Extiende las manos.

Shana obedeció y Linda la levantó. No pesaba ni cuarenta kilos. Linda abrió la puerta trasera y la ayudó a entrar en el vehículo.

—¿Y qué pasa con Jackie? —dijo Shana—. ¿También se viene?

Linda cerró la puerta sin contestar. Volvió a registrar el coche para asegurarse de que no se le había escapado nada antes de que llegara la policía estatal. Una guía de carreteras hecha jirones. Tres paquetes de tabaco vacíos, un mechero, un sobrecito de kétchup, cuatro patatas fritas rancias y un cadáver.

Como no quería esperar con los detenidos, se dirigió al árbol caído contra el que habían estado apoyados y se sentó encima. Hacía mucho tiempo que no se sentía tan triste. Shana se despejaría en la cárcel y se enteraría de que su novio había muerto. Un programa de rehabilitación por mandato judicial difícilmente la ayudaría a recuperarse de semejante pérdida.

Cambió de postura para ponerse de cara a los árboles. Por lo menos, era posible darle la espalda a una pequeña parte del mundo. Desde el bosque llegaba el potente repiqueteo de un pico contra la corteza muerta de algún tronco, y Linda escudriñó entre los árboles en busca de un pito crestado. El pájaro carpintero voló trazando una serie de arcos y se posó en las ramas de un fresno. Debajo crecían los helechos rizados. Una ristra de zanahorias silvestres se mecía a lo largo de la zanja. De niña las teñía de rojo y azul con colorante alimentario en vasos de agua. Los tallos absorbían el agua y transferían el tinte a las florecillas blancas de la umbela. Se preguntó si los niños seguirían haciéndolo, si Shana lo habría hecho alguna vez.

Capítulo dieciocho

A medio camino del pueblo, Mick aparcó bajo un sicomoro y sacó el móvil de la guantera. Un mensaje de su hermana que decía: «Área de descanso. FBI. Hecho».

Media hora más tarde, subió por el camino de tierra hasta la casa de la señora Kissick. Estaba sentada en el porche con un delantal sobre una blusa y unos vaqueros azules, fumándose un pitillo. Se había enrollado el bajo de una pernera a modo de cenicero. Mick aparcó y la expresión de la mujer se tensó como accionada por una palanca.

—Púdrete en el infierno —dijo.

—Probablemente lo haga —dijo él—. He venido a transmitirle un mensaje para su hijo.

La señora Kissick se sacó una Colt 22 de uno de los bolsillos de parche del delantal. Mick llevaba mucho tiempo sin ver ese modelo. Se conocía como el arma de las prostitutas, tenía un cañón de cinco centímetros y carecía de martillo que pudiera engancharse a la tela.

—Dígale a su hijo —dijo Mick—, que no utilice el área de descanso de la interestatal para sus intercambios. El FBI lo está vigilando.

—No sé de qué me hablas.

—Señora, lo de mentirnos ya lo hemos dejado atrás. Solo intento ayudarla.

—¿Y por qué harías una cosa así? —dijo ella.

—Usted me ayudó anoche.

—Eso no nos convierte en amigos.

—No, pero hace que estemos en paz.

Mick maniobró lentamente para dar media vuelta en tres tiempos y avanzó por el camino, observándola por el espejo retrovisor. La señora Kissick se levantó, devolvió la pistola a su sitio y extendió el pie sobre el borde del porche. Apoyada en la barandilla, se agachó y desenrolló la pernera para vaciar las cenizas. La suave neblina gris se desvaneció con la brisa.

Mick se dirigió al Palacio de Justicia del condado. Rocksalt era una localidad de siete mil quinientos habitantes que había comenzado su andadura en el siglo XIX como centro de transporte estratégico para las industrias de extracción de madera, arcilla y gas natural. Ahora los dos pilares del pueblo eran la Universidad Estatal de Rocksalt, en el extremo oriental, y el Centro Médico Saint Claire, en el occidental. Y a medida que iban creciendo, la zona del centro urbano se iba reduciendo, reemplazada por multitud de aparcamientos.

La calle mayor original acababa abruptamente frente a una barrera metálica y Mick se detuvo para orientarse. Habían construido una carretera nueva por el sur. Se llamaba Bulevar Wilkinson, en honor a un gobernador que, a causa de una estafa piramidal, había ido a parar ante los tribunales, donde llegó a invocar la Quinta Enmienda en ciento cuarenta ocasiones. Ahora tenía una carretera a su nombre, una circunvalación a una localidad que ya llevaba más de un siglo ignorada.

Mick llamó a su hermana.

—¿Qué? —dijo Linda.

—Necesito dos mapas topográficos. Uno reciente y otro como de hace cincuenta años.

—La puñetera tierra no cambia.

—Las carreteras sí —dijo Mick—. ¿Los tienes o no?

—En la oficina.

—Nos vemos allí.

—Ahora mismo me pillas en ruta —dijo—. Primero al juzgado, luego a la cárcel.

—Pensé que ya habías soltado a Tanner.

—Estoy intentando ayudar a una joven. Shana Crawford. Su novio ha sufrido una sobredosis.

—Conozco a la familia, pero a ella no.

—Ahora mismo no puedo hablar —dijo su hermana—. Le diré a Johnny Boy que te saque los mapas.

—Dile que estaré allí en diez minutos.

—¿Algo más?

—Sí —dijo él—. ¿Para qué es esta nueva carretera de circunvalación?

—Sabe Dios —dijo ella—. Nunca hubo nada que hacer en Rocksalt, y ahora menos aún.

Linda colgó. Mick condujo hasta la oficina del sheriff y aparcó en el extremo más alejado del aparcamiento, con el morro hacia fuera para salir escopeteado. El pueblo estaba en el punto más ancho entre los cerros que se alzaban a ambos lados como muros. Mick estaba tecleándole un mensaje a su hermana para que apurase a Johnny Boy cuando alguien golpeó en la ventanilla. Dejó caer el teléfono y acercó la mano a la pistola. Un joven delgado y desconocido estaba de pie en el aparcamiento con una chaqueta sport barata, corbata y pistolera. Parecía un vendedor novato de un concesionario de coches con un amplio historial de robos. Mick atisbó por la parte superior de la ventanilla abierta.

—Bájela —dijo el hombre.

—No puedo —dijo Mick—. Está atascada. Llevo unas pinzas de presión a modo de manija.

—Soy el agente especial Wilson —dijo el hombre—. FBI.

—Encantado.

—¿Y usted...?

—Ahora mismo estaba pensando en mis cosas —dijo Mick

—Está aparcado en la comisaría. Eso lo convierte en cosa mía.

—Podría equivocarme —dijo Mick—, pero estoy bastante seguro de que el FBI se ocupa de los delitos federales. Esto es propiedad del estado. Y que yo sepa estar sentado en una camioneta no es ningún delito.

—Necesito que se identifique, señor.

—Creo que para eso hace falta una causa justificada —dijo Mick—. En Kentucky no hay ningún estatuto de Detención e Identificación. A menos que crea que he cometido un crimen. ¿Es eso lo que piensa? ¿Que he cometido un delito y que he venido directamente a la oficina del sheriff?

Wilson parpadeó velozmente. El rostro comenzó a ensombrecérsele. Mick percibió su frustración y se preguntó cómo acabaría desarrollándose la situación. El agente no tenía pinta de ser un hombre que fuese a sacarlo del coche a la fuerza para meterlo entre rejas.

—¿Se le ha perdido algo por aquí? —dijo Wilson.

—Así es.

Wilson, claramente, permanecía a la espera de que Mick continuara. Mick se quedó callado. No tenía por qué ponérselo fácil al hombre que había encerrado a Tanner Curtis, pero meterse con él ya le estaba resultando de lo más tedioso. La puerta principal de la oficina se abrió y Johnny Boy cruzó el solar parsimoniosamente cargado con un montón de mapas.

—Hola, Mick —dijo—. ¿Cómo va el mordisco de la mula?

—Duele un poco, pero no se ha infectado.

—Veo que ya has conocido a nuestro hombre del FBI —dijo Johnny Boy—. Estuvo en el ejército, igual que tú.

—¿Dónde sirvió? —preguntó Mick.

—En D.C., principalmente —dijo Wilson—. ¿Y usted?

—Oh, lo habitual: Irak, Afganistán, Siria.

Johnny Boy sonrió y le pasó los mapas por la ventanilla.

—Linda dijo que te diera esto.

Mick asintió con la cabeza en señal de agradecimiento y luego miró a Wilson.

—Siempre es un placer conocer a otro veterano —dijo Mick.

Salió del aparcamiento y se dirigió instintivamente al antiguo Palacio de Justicia, que se había convertido en un centro comunitario para las artes. Allí le indicaron cómo llegar a los nuevos juzgados, al oeste de la ciudad. Dentro, preguntó por los títulos de propiedad y lo acompañaron a la sala de documentos. Los registros comenzaban en 1880 y Mick fue avanzando, buscando las transacciones relacionadas con los nombres de las familias que le había facilitado el señor Tucker.

Empezó con Caudill, el apellido más común del condado, y para poder consultar los nacimientos tuvo que utilizar un ordenador de hacía más de veinte años. Había tantos Caudill que le llevó cinco horas dar con Boyd y rastrear a sus padres a lo largo del tiempo hasta la primera compra de propiedad de la familia en 1939. El mapa topográfico más antiguo le permitió localizar de manera aproximada el terreno y una carretera. El mapa más reciente le informó de que el condado nunca se había anexionado esa carretera. Servía como un camino de acceso de cinco kilómetros y ya no aparecía en los mapas ni en el GPS.

Hambriento, dio vueltas por el pueblo, pero solo encontró franquicias de comida rápida. Jimbo's hacía tiempo que había desaparecido, igual que el Dixie Grill. En los billares de Pat se vendían las mejores hamburguesas con queso, pero el local estaba cerrado. Frente al viejo cine había sillas metálicas y una mesa, y se fijó en un cartel de neón con la imagen de una taza de café con un rizo de vapor ascendente. Entró y pidió una sopa y un bocadillo, recordando las matinés de los sábados de su infancia. El contratista había hecho un buen trabajo de renovación sobre lo que era, esencialmente, una sala gigantesca sin ventanas y con el suelo inclinado. El espacio lo compartían otros dos negocios: una mercería y una librería, la primera del condado. Compró un tarro de mermelada de mora casera.

Mick volvió al juzgado y llevó a cabo el mismo proceso con Branham, más sencillo al tratarse de un nombre menos común. Encontró una propiedad de los Gibson no muy lejos de la casa del señor Tucker. Empezaría por allí mañana. Estaba agarrotado de haberse pasado tanto tiempo sentado estudiando documentos, con los ojos entrecerrados para poder leer las escrituras manuscritas y los certificados de nacimiento.

Luchó contra el impulso de emborracharse en el bosque y se dirigió a su casa por tercera vez en dos semanas. El camino de acceso era una losa de cemento agrietada, flanqueada por forsythias y por una bajante de vinilo negro que se había desbordado al menos dos veces. En la calle familiar residían los mismos vecinos, con sus coches aparcados en los mismos sitios. Su casa también era la misma, al menos por fuera.

Capítulo diecinueve

Muchas mujeres experimentan el embarazo como un estado de júbilo en el que los colores parecen brillar más y los olores son más intensos. Peggy tenía mal sabor de boca. No dormía bien y estaba todo el día agotada. Se sentía culpable por haber herido a su marido. Unas noches atrás, al ver su camioneta aparcada al otro lado de la calle, bajo el sauce, se puso a ordenar frenéticamente la casa y se cambió de ropa. Hizo té y se pasó varios minutos eligiendo dónde sentarse. ¿En el sofá para que se sentara a su lado? ¿O se daría cuenta de que había elegido ese sitio a propósito? Mick podía interpretar las situaciones al instante. Mejor quedarse en su sillón habitual frente al televisor con el teléfono a mano.

Cuando Mick se marchó al cabo de dos horas, Peggy se sintió decepcionada y luego furiosa, emociones que no tardó en desviar hacia sí misma. Quería culparlo por ser tan poco generoso, pero solo podía culparse a sí misma. Amaba a Mick y era la fuente de sufrimiento de su marido.

Antes de que él se plantara bajo el sauce, ella había estado trabajando en el jardín, batallando contra las chinches de la calabaza que estaban cebándose con sus pepinos. La cebolla caminante se alejaba cada vez más. Los brotes de judías se habían extendido hasta la verja de alambre y unos cuantos trepaban por los tallos de los girasoles. Se había topado con una serpiente del maíz que estaba relajándose sobre un montón de abono, dócil por lo general salvo con los roedores enemigos, cualidades que le hicieron pensar en Mick. Él la habría adoptado como mascota.

Se conocían desde el instituto y se habían casado jóvenes. A pesar del alto porcentaje de infidelidad entre las parejas de militares, no era un tema del que se hablase en los Días de la Familia de la Unidad ni en las clases de Resiliencia para Cónyuges. Las mujeres lo comentaban en privado en sus estrechos apartamentos militares. Peggy siempre se había compadecido de aquellas mujeres, independientemente de quién engañara a quién, y pensaba que a ella nunca le pasaría algo así. Ahora se juzgaba con más severidad debido precisamente a su anterior condena. Se había convertido en el tipo de persona que despreciaba: desleal, una traidora, Judas.

Basta ya, se dijo a sí misma, concéntrate en algo mejor. Pero no había forma de escapar de su mente ni de los cambios producidos en su cuerpo. No podía beber para sobrellevar la aflicción y tampoco podía recurrir a Mick. Sus mejores recuerdos estaban ligados a su marido. Una vez fueron de vacaciones a la costa italiana de Amalfi, donde el salado mar Mediterráneo reanimó sus cuerpos. Por las tardes, bebían vino y cenaban a última hora, pescado y pasta. La montaña se alzaba dramáticamente detrás del hotel. Tomaron un autobús para ir a Ravello, un viaje de cinco kilómetros por carreteras peligrosamente tortuosas. El tráfico parecía coreografiado: los coches casi se rozaban, las motos pasaban por huecos diminutos, los peatones cruzaban osadamente por cualquier sitio. Los conductores italianos eran los mejores del mundo, o los peores. Cuando se lo dijo a Mick, este le contestó que todo el mundo pensaba eso mismo del sitio donde vivía, pero que en Italia era auténtica y verdaderamente cierto. La expresión «auténtica y verdaderamente cierto» pasó a formar parte de su léxico privado.

Ahora Peggy estaba asustada. Asustada por ella, por su matrimonio y por el bebé. Temía un futuro sombrío: desempleada y embarazada sin ningún hombre en la escena, un cliché de los programas de televisión matinales. Se preparó una cena con salmón congelado del supermercado, boniatos y yogur. Se suponía que las proteínas eran buenas y al menos la dieta era algo que podía controlar. Otra cosa no, pero el bebé nacería sano.

Oyó la vieja camioneta en el camino de acceso, se dirigió a la puerta y percibió el roce de sus botas en el porche. Abrió. Mick estaba de pie con una expresión de desamparo, los ojos claros y la mandíbula tensa. Peggy retrocedió para no darle la espalda y evitar transmitir un mensaje erróneo. Él le tendió un tarro de medio litro de mermelada con una etiqueta hecha a mano.

—Te he traído esto —dijo—. Una de las granjas de la familia Ronzo, no sé qué rama, se dedica a las bayas.

—Odie y su gente —dijo ella—. Gracias.

Llevó el tarro a la cocina y se demoró junto al fregadero. Se sentía frágil, pero necesitaba ser fuerte por el bien de ambos. Volvió a la sala de estar, donde Mick continuaba de pie en el centro, girando lentamente, reaclimatándose al hogar: el sofá, los dos sillones, un banco de zapatero convertido en mesa de centro, fotos de sus viajes por Europa en las paredes. Mick se sentó en su sillón y ella en el sofá.

—Me alegro de que hayas venido —dijo Peggy.

—¿Quieres que dejemos de estar casados?

—No.

—¿Lo has hecho para que me vaya?

—No, nada de eso.

Él asintió y ella esperó. La franqueza de Mick era su mejor cualidad, y también la peor, pues carecía de tacto o diplomacia, un rasgo de su familia. Hacía tiempo que habían acordado que nunca emplearía su habilidad para los interrogatorios con ella. Esperaba que su promesa siguiera en pie, pero no se hacía ilusiones, puesto que había violado su confianza.

—¿Cómo te encuentras? —preguntó Mick.

—Muy cansada. ¿Y tú?

—Ni tan mal —respondió—. Linda me tiene dando vueltas sin parar.

Tras un breve silencio, ambos pronunciaron el nombre del otro al mismo tiempo y, acto seguido, se callaron. Peggy se colocó un cojín debajo del brazo.

—Adelante —dijo—. Tú primero.

—Quiero saberlo todo.

—Fue uno del trabajo. Llevaba meses echándome el ojo, las típicas miradas de arriba a abajo y algunos comentarios. Ya sabes lo que quiero decir. Siempre lo ignoré. Un ligón. Era como un tonteo de instituto. Inofensivo. Una forma boba de sobrellevar el aburrimiento y de pasar las horas muertas. Me gustaba que se hubiese fijado en mí. Me hacía sentir más joven.

Mick asintió, centrando la vista en la pared del fondo, detrás de ella, con la esperanza de que la falta de contacto visual la animara a continuar.

—No utilices tus técnicas conmigo —dijo Peggy—. Puedes mirarme.

—Vale —dijo él, mirándola fijamente—. ¿Cómo ocurrió?

—Un día el Lowe's cerró por inventario y él y yo nos pusimos a contar la pintura. Cada cubo, cada color. Empezamos a hablar. No más ligoteo, solo hablar. Tocaba en una banda y siempre andaba sin blanca. Estaba casado y se arrepentía. Su mujer había engordado un montón y no se sentía atractiva. Llevaban un año sin acostarse. Me besó y le dije que parase. Lo aparté, Mick. De verdad. Unos días más tarde, me volvió a besar. Me dio pena. Sucedió, sin más.

—¿Cuántas veces? —preguntó Mick.

—Tres.

—¿Por qué paraste?

—No estaba bien. Era consciente de ello, pero no sabía cómo parar. Lo siento, Mick. Estuvo mal. No sé qué pasó. Nada de todo aquello parecía real. Llevabas mucho tiempo fuera y no me gustaba mi vida. No se trataba de él. Era como si quisiera ser otra persona. Otra yo con otra vida. Fue tan estúpido...

Peggy observó a Mick, que movió los hombros para aliviar la tensión y luego ladeó la cabeza hasta que le crujió el cuello. Se estaba esforzando y se lo agradecía.

—¿Dónde vive? —preguntó.

—En Owingsville.

—¿Lo trajiste aquí?

—No, nunca. Fue en el trabajo, cuando ya todos se habían ido.

—¿En un almacén de tablones? ¿Dónde, sobre una pila de madera contrachapada?

—Venden muebles para el jardín.

—Oh, Peggy.

El tono de Mick había perdido crudeza, un leve cambio que le hizo vislumbrar un atisbo de esperanza. De repente, se sintió hambrienta. En Italia, la gente almorzaba y luego hablaba de negocios mientras se tomaban un café en pequeñas tazas; la comida suavizaba cualquier rencor que pudiera existir. Peggy deseaba hacer lo mismo.

—¿Tienes hambre? —preguntó.

—No. ¿Le dijiste que estabas embarazada?

—Sí. Dejó el trabajo ese mismo día. No lo he vuelto a ver.

—¿Y la prueba de paternidad?

Esa era la pregunta que Peggy temía. Cuanto más tardara en responder, antes se imaginaría él la respuesta y podría hacer frente a la situación. Esperar demasiado sería cruel.

—No es tuyo —dijo.

Mick se quedó inmóvil y no supo si pasaron dos minutos, veinte o una hora. Los ojos empezaron a escocerle y comprendió que necesitaba parpadear. Se miró las manos que reposaban sobre sus piernas como si perteneciesen a otra persona, herramientas dejadas a un lado para usarlas en el futuro. Intentó hablar en dos ocasiones, pero tenía la garganta comprimida.

—Lo siento —dijo Peggy.

—Confié en ti.

—Todavía puedes.

—¿Cómo?

Peggy no respondió. Mick comprendió que su mujer ni siquiera lo había llegado a considerar: la magnitud del efecto que le causaría. La conocía, sabía que se había centrado exclusivamente en su propio sentimiento de culpa y en su aflicción, ignorando las consecuencias que aquello tendría para él. Por eso no se lo había contado.

—¿Qué vas a hacer? —quiso saber Mick.

—No lo sé.

—Es difícil criar al hijo de otra persona. De un hombre al que apenas conoces. El tipo de hombre capaz de follarse a la mujer de otro mientras él no está.

—No es genético.

—¿De verdad? ¿Qué sabes de él? De su familia. Nada. No sabes una puta mierda de la mitad de ese bebé que llevas dentro. Un músico casado con el que te acostaste.

Mick observó que una oleada de furia tensaba el rostro de su mujer. No era venganza lo que quería infligir, sino otra cosa. Quería que comprendiera plenamente la situación en la que lo había puesto. Habían ido a tientas a lo largo de doce años de matrimonio, cada decisión había sido la mejor en su momento, basada en la información de la que disponían. Ahora ella lo había desechado todo. Le invadió una calma de campo de batalla. Se le agudizaron las percepciones.

—¿Qué quieres? —dijo Peggy.

—Es un poco tarde para pensar en mí.

—No, no lo es.

—No lo hiciste hace ocho meses.

—Sí, lo hice —dijo ella.

—¿Puedes dejar de rebatir todo lo que digo?

—No te estoy rebatiendo.

—No es buen momento para tocarme las narices, Peggy. No estamos hablando de dónde poner el sofá o qué tipo de malla le va mejor a la puerta mosquitera.

—Tenemos una puerta contra tormentas, de cristal.

—En el porche hay una puerta mosquitera, joder.

La expresión de Peggy reflejaba satisfacción por haberlo sacado de sus casillas. Mick sabía que eso significaba que estaba tan enfadada consigo misma que quería que él también lo estuviera. Pero no era ira lo que sentía, era desaliento y decepción.

—¿Qué piensas hacer? —dijo.

—¿Quieres que elija, Mick? ¿Es eso? ¿Que me deshaga del bebé y me quede contigo? ¿O tú o el bebé? ¿Es eso lo que quieres?

Su embestida de preguntas de sí-o-no le resbaló, pudo ignorarla fácilmente. Era una técnica de control, plantear una pregunta al tiempo que se presentaban dos únicas opciones de respuesta. Los abogados y los periodistas lo hacían a diario. También los interrogadores inexpertos. En cierto modo, estaba hablando consigo misma.

—¿Qué debería hacer? —dijo.

—Es tu cuerpo. Tu vida.

—También es la tuya.

—No exactamente —dijo él—. Ya no.

—¿Qué significa eso? ¿Me estás dejando?

—Lo que quiero decir —dijo, lentamente— es que no sé en qué has estado pensando todo este tiempo. Cuál es tu plan.

—Mi familia cree que es tuyo. Mamá viene cada dos días. Se mantiene alejada porque has vuelto a casa. No puedo decirle la verdad. Solo lo sabes tú.

Mick la miró como si la estuviera vigilando con unos prismáticos. Se había girado, con los brazos recogidos sobre el pecho y las piernas cruzadas.

—Al principio —dijo Peggy—, decidí tener el bebé y darlo en adopción antes de que volvieras. Le contaría a todo el mundo que había nacido muerto. Luego tuve miedo de que llegases antes de lo previsto. No podía hablar contigo por teléfono porque temía que se me escapase y no quería que volaras de vuelta con todo eso metido en la cabeza. Entonces te llamó Linda.

Peggy cambió de postura, volviéndose hacia él y estirando un brazo sobre el cojín. Mick reconoció en sus movimientos el alivio por habérselo soltado todo. La creyó. Volvió a asentir.

—Y ahora —dijo—. ¿Qué piensas hacer ahora?

—Ir a Lexington y entregar al bebé en adopción. Puedo quedarme con la tía Fran. No se lo dirá a nadie.

Mick asintió y se puso de pie.

—Tengo que irme —dijo.

Salió y Peggy oyó el viejo motor de seis cilindros girar dos veces antes de arrancar con un rugido. De repente, la casa volvía a ser suya y, de algún modo, la sintió más grande. La presencia psíquica de Mick llenaba cualquier espacio cerrado, no así el bosque, el desierto o la playa. En esos lugares parecía desvanecerse y pasar desapercibido, tanto para la gente como para los animales. Nunca lo había entendido.

Hacía meses que Peggy no se sentía tan bien. Había temido su reacción y ahora ya había pasado todo. Mick se había mostrado más tranquilo de lo que esperaba. Ella se había olvidado de su naturaleza, el pragmático desapego con el que afrontaba siempre los problemas, ya fuesen grandes o pequeños. Aquello era lo peor y ya había acabado. El alivio la libró de una carga que solo reconoció cuando dejó de sentir su peso.

Ocultarle cosas a Mick le hacía más daño a ella que a él, creaba una distancia en su interior que luego se manifestaba entre ellos. Siempre había confiado en él para recuperarse. Hablar había mitigado la ansiedad y le había insuflado nuevas energías.

Se arrimó a la mesita auxiliar que había junto al sofá y llamó a la tía Fran. Mientras sonaban los tonos, comenzó a elaborar mentalmente una lista de tareas domésticas. Había desatendido varias cosas. Ver la casa a través de los ojos de Mick ponía todo en evidencia: una capa de polvo, migas de patatas fritas en la alfombra, cuencos vacíos desde hacía días. Abrió las ventanas y ventiló la casa.

Capítulo veinte

Mick se sentía como una carcasa, como si estuviera fuera de su cuerpo contemplando cómo otra persona ocupaba su vida. No era él quien conducía la camioneta, era la otra persona, el otro Mick. Estaba enfadado, agotado y perdido. Lo que tanto había temido era cierto, aquello que había evitado pensar a toda costa. El bebé era de otro.

Una parte de su mente deseaba no haber regresado jamás a casa, mientras que otra deseaba no haber salido nunca de Kentucky. Se preguntaba dónde estaba su hogar ahora, qué significaba el hogar. No era la casa que había comprado con su mujer, ni la cabaña en el bosque, ni las bases en las que había residido en el extranjero. Vivía con una bolsa de lona con dos juegos de ropa, calcetines y calzoncillos. No recordaba la última vez que había vivido en un lugar el tiempo suficiente para abastecer el armario del baño con espuma de afeitar y un cepillo de dientes. Durante su último permiso en Rocksalt, había colgado un neceser de nailon en el gancho de las toallas. Tal vez si se hubiese molestado en vaciarlo e instalarse, Peggy no se habría sentido tan inquieta cuando se fue.

En el extremo oriental del pueblo se detuvo junto unas obras del condado. Los obreros ya habían terminado la jornada y se habían marchado. El material de construcción descansaba sobre palés. Al lado había un contenedor del tamaño de un vagón de tren que goteaba por los agujeros oxidados del fondo. Se bajó de la camioneta y dio dos vueltas a su alrededor. Sentía que una parte de su mente había soltado amarras y que corría el riesgo de distanciarse de sí mismo.

Bajó el portón trasero y volvió a cerrarlo de golpe, a continuación lo hizo tres veces más, una acción carente de sentido que le pareció fundamental, aunque insuficiente. Debajo del asiento corrido encontró una pesada llave inglesa con la boca oxidada. Volvió a bajar el portón y se puso a golpear el bloque del motor Ford que llevaba en la plataforma, lo aporreó una y otra vez hasta que le dolieron el brazo y el hombro. La cabeza de la llave inglesa se partió con uno de los impactos y salió volando sobre la parcela de tierra. Se subió a la parte trasera de la camioneta, se acuclilló detrás del motor y empujó con todas sus fuerzas. Las piernas le temblaron por el esfuerzo. Sintió la tensión en los brazos y en la espalda. El motor se deslizó sobre el metal con un ruido espantoso, raspando la superficie de la plataforma y el portón. Con un último esfuerzo, logró sacarlo de la camioneta y el impulso lo arrastró tras él. Aterrizó sobre el motor, su cuerpo quedó tendido encima como una tela. Quiso llorar, pero fue incapaz. Como si se tratase de un interruptor oculto en su interior, fuera de su alcance.

Se quedó tumbado sobre el bloque del motor durante varios minutos, recuperando el aliento. Luego se levantó muy despacio, dando gracias por que no hubiera nadie en los alrededores. Se le había manchado la ropa de grasa y tenía los dedos entumecidos por los golpes con la llave inglesa. Condujo hacia el este por la antigua carretera 60 y, más adelante, empezó a tomar carreteras más pequeñas, cada vez más estrechas, hasta que salió de un tramo de grava regulado por el condado y se adentró en un camino de tierra. Consultó el mapa topográfico. La vieja casa de los Gibson quedaba un poco más adelante. Continuó hasta que el camino desapareció en la quebrada de un arroyo. Aparcó y sacó la pistola y una mochila en la que llevaba una cantimplora, una brújula, un cuchillo, una cuerda y un botiquín de primeros auxilios.

La hondonada se iba cerrando a medida que avanzaba y llegó un momento en que se vio caminando bajo un dosel de ramas de arce y de nogal. Una ardilla lo observaba sin miedo, como si nunca se hubiese topado con un hombre. Mick la saludó con la mano. El camino se internaba en la espesura. Bordeó una zarza más alta que él y se encontró ante una amplia abertura en el otro extremo de la hondonada. Un lugar ideal para levantar una casa, con el terreno resguardado de las inclemencias del tiempo y un manantial natural que brotaba de las rocas del acantilado. Percibió movimiento y se quedó inmóvil. El movimiento se repitió, algo azul claro; supo que no se trataba de un animal. Se agachó y se deslizó de lado hasta meterse en el bosque, se incorporó y se dispuso a dar un rodeo, oculto en todo momento por los árboles. Empuñaba la pistola a un lado.

La casa se había quemado hacía años, solo quedaba una chimenea de piedra en medio de un rectángulo de maleza. Un hombre con camisa de trabajo hurgaba en el suelo con un palo, luego se irguió y miró directamente hacia Mick como si fuese capaz de ver a través del follaje. Mick frunció el ceño, sabía que estaba bien escondido para ser visto. El hombre se desplazó hasta un rayo de sol y Mick reconoció al conserje. Guardó el arma y cruzó el terreno, apartando los tallos de hierba carnicera que delimitaban una antigua zanja de drenaje.

—¿Qué hay, señor Tucker?

Tucker asintió una vez y volvió a la sombra. Llevaba un bastón de roble y un saco de arpillera. Mick recorrió el perímetro examinando el suelo. No había indicios de ninguna fogata ni zona apelmazada que indicase que alguien había dormido allí. En el extremo oriental se veía hierba doblada y parte de la maleza arrancada.

—¿Ha venido por ahí? —dijo Mick.

—Sí. Partí esa mata de ageratina que tanto parece inquietarte.

—No he visto su vehículo.

—Es un paseo de no más de ochocientos metros por la cresta.

—¿Está buscando al asesino, señor Tucker?

—No. Estoy supervisando nueve plantas de ginseng que hay aquí. Aún les falta otro año.

—¿Bajo esos robles?

—No pienso decírselo.

Las montañas circundantes eran lo bastante escarpadas como para despellejarte la nariz al escalarlas, ensartadas con pinos y virgilios que se aferraban a los acantilados de piedra caliza. Los únicos sonidos eran los de una cigarra en la distancia y un ocasional arrendajo azul irritado por la presencia humana. Una ardilla parloteaba desde la primera horqueta del roble más cercano. Mick la señaló.

—Iba pensando en una ardilla con la que me he tropezado que se comportaba como si nunca hubiese visto a un hombre —dijo.

—Podría ser. Viven entre diez y doce años. Conocí a una que llegó a los veinte.

Mick ponderó un par de respuestas, y luego decidió dejarlo pasar. No tenía sentido debatir la duración de la vida de los animales salvajes ni tratar de averiguar qué había querido decir Tucker con eso de haber conocido a una ardilla. ¿Cómo era posible algo así? Difícilmente llegabas a conocer a un ser humano, ni siquiera a tu propia esposa.

—¿Quién era esa gente? —preguntó—. Los Gibson.

—Jerry y Gayle Gibson. Ya eran viejos cuando yo era un cachorro. Tenían catorce hijos. —Señaló al suelo—. Dos dormitorios justo ahí, uno para los niños y otro para las niñas. El señor y la señora Gibson dormían en la parte de atrás.

—¿Qué les pasó?

—El tifus se llevó a la mitad de los críos. El resto se largó. Solo había un camino de salida y lo tomaron todos. No regresó ni uno.

—Un bonito lugar con una historia dura.

—No hay una sola montaña por aquí de la que no se pueda decir lo mismo.

—Supongo —dijo Mick—. ¿Necesita que le acerque a casa?

—Gracias, no —dijo Tucker—. Se llega antes a pie.

Tucker alzó la barbilla en un fugaz gesto de despedida y desapareció en el bosque como si los árboles recibieran a uno de los suyos. Mick regresó a su camioneta pensando en la estampa de dieciséis personas conviviendo en cuatro habitaciones, los padres viendo morir a sus hijos, uno a uno.

Salió del valle y cruzó el condado por una sucesión de carreteras secundarias. Tras consultar el mapa, siguió el arroyo Lick Fork hasta un camino de tierra y se detuvo ante los puntales de apoyo de una pasarela colgante que se había derrumbado sobre el riachuelo. No había rastro de tráfico reciente. Dejó la camioneta y descendió la pendiente, valiéndose de los arbolitos para no caerse. De niño había desarrollado un método para bajar las colinas que consistía en ir ligeramente agachado y con un pie extendido para orientar el cuerpo a través de la maleza. El peso recaía en el pie que quedaba atrás, un poco girado para servir de freno. La elección de la ladera era crucial: si la pendiente era demasiado pronunciada, acabarías precipitándote hacia delante dando una horrible voltereta; si era más ligera de la cuenta, la gravedad no te arrastraría. Se le ocurrió la idea al ver un programa sobre surf en la tele. De niño, había sido su pasatiempo favorito.

Vadeó el Lick Fork y subió por la orilla opuesta hasta las tierras de las Branham. Eran un grupo de lo más historiado, tres hermanas que vivían juntas: Gloria, Loretta y Candy. Rollizas y solteras, cortejadas por hombres de tres condados. La gente decía que aquella peligrosa pasarela era el medio que utilizaban para distinguir a los pretendientes serios de los meros picaflores. Cualquier hombre dispuesto a cruzar por ahí seguro que tendría buenas intenciones. Una vez que estabas en su compañía podías pasártelo de miedo, y llevar un frasco de licor nunca estaba de más. Las hermanas Branham ya no estaban cuando Mick oyó hablar de ellas. Candy se fugó con un hombre del condado de Elliott al que no le importaban sus orejas puntiagudas. Loretta sufrió un derrame cerebral y Gloria la cuidó hasta que ambas murieron.

Al coronar la otra orilla, Mick rodeó la casa. Era sorprendentemente grande y supuso que el constructor había talado los árboles y fresado la madera sobre el terreno. El viento y la intemperie habían deshecho el viejo tejado de cartón alquitranado. Alguien había colocado una tina de lavar sobre la chimenea, pero el fondo se había oxidado y el aro metálico reposaba como un gigantesco anillo de bodas alrededor de la piedra revestida de mortero. Una cabeza de cobre se asoleaba al borde de la sombra, como si estuviera demasiado cansada para seguir su camino. Mick saludó con la cabeza a la serpiente, que sacudió la lengua hacia el olor a humano.

Continuó con el reconocimiento alrededor de la casa y se asomó a todas las ventanas rotas. Tras comprobar que la estructura estaba vacía, entró por la puerta de atrás. En las paredes se veían largos túneles de tierra endurecida, construidos por las avispas alfareras. En las habitaciones había unos cuantos muebles rotos, cuatro nidos de ardillas, varias pieles mudadas de serpiente y huesos dispersos de ratones y ratas de campo. Todo lo que tenía el más mínimo valor había desaparecido. No había puertas ni cableado, nada de mobiliario ni rastro de vajilla. Faltaban los tiradores de las ventanas. Una gruesa capa de polvo intacto cubría todas las superficies. Hacía muchos años que no pasaba nadie por allí, ni siquiera un asesino a la fuga.

Mick volvió a la camioneta y se dirigió al pueblo. El siguiente lugar que quería investigar estaba cerca, pero la geografía era impenetrable. Tenía que hacer un largo trayecto en coche a lo largo de Rocksalt, Triplett Creek y Clack Mountain. Se detuvo a repostar. Mientras llenaba el depósito, sacó el móvil de la guantera. Su hermana lo había llamado dos veces y le había enviado un mensaje de texto para que se pusiera en contacto con ella. Pulsó el botón de devolución de llamada y le saltó el buzón de voz.

Llamó dos veces más mientras conducía de vuelta a Rocksalt. Las dos veces se quedó sin cobertura debido al terreno. Al acercarse al pueblo, vio un coche aparcado en un campo hollado junto a la carretera. Un hombre andaba en círculos aleatorios, mirando al cielo, con la mano en la oreja. Mick se detuvo y llamó a su hermana. Sonó dos veces y luego perdió la señal. Se adentró en el campo mientras pulsaba el botón de rellamada. El hombre terminó de hablar y se acercó a Mick.

—Si te pones de cara a aquel nogal inmenso —le dijo—, te giras un poco a la derecha y das unos cuantos pasos, conseguirás cobertura.

—Gracias.

—Estos dichosos cacharros. Primero te enganchan a ellos. Luego suben los precios más que el lomo de un gato asustado y modifican los cables para que tengas que comprarte uno nuevo. Y luego los puñeteros trastos van y no funcionan.

—Atarte en corto, eso es lo que hacen.

—Antes teníamos una línea compartida —dijo el hombre—. Todas las casas del valle tenían la misma línea. Al final nadie decía nada a nadie porque todo Dios estaba a la escucha.

Mick siguió el consejo del hombre y consiguió hablar con Linda. La conexión era débil, la voz de su hermana sonaba distorsionada y llena de estática. Pudo distinguir el nombre de una calle y la ansiedad que transmitía su tono de voz.

Capítulo veintiuno

Mick condujo hasta el pueblo y siguió por la calle Segunda dirección norte hasta la avenida Knapp, sorprendido de lo mucho que se había extendido la calle con el paso de los años. Las casas de ladrillo más recientes se apretujaban contra la ladera. El asfalto estaba invadido por franjas de tierra seca depositadas por las inundaciones. Pasó junto a densas acumulaciones de maleza desprendida, tocones de árboles y piedras. Un enorme camión de plataforma que transportaba troncos bajaba por la calle con la carga balanceándose, y Mick se desvió hacia el jardín de alguien por seguridad. Varios surcos en el césped arruinado indicaban que otros conductores habían hecho lo mismo.

Al llegar a una bifurcación, vio las luces intermitentes de los equipos de emergencia a la izquierda, se dirigió hacia allí y aparcó a una distancia considerable. Había dos coches de policía, incluido el todoterreno negro de su hermana, aparcados en el jardín junto a una ambulancia. Un agente municipal dirigía el tráfico mientras otro custodiaba la entrada a una pequeña casa de ladrillo amarillo. Mick preguntó por la sheriff Hardin.

—Está ocupada —dijo el agente.

—¿Y Johnny Boy Tolliver?

—No ha llegado aún.

Se acercó un sencillo coche último modelo y Marquis Sledge, el director de la funeraria, se apeó y caminó sin darse ninguna prisa hacia la casa, erguido y con la cabeza ligeramente inclinada por deferencia a su cargo de médico forense del condado.

—Hola, Marquis —dijo Mick.

—Mick —respondió el otro con su tono de solemne profesionalidad.

—¿Lo conoce? —le preguntó el policía a Marquis.

—Es el hermano de Linda —dijo Marquis—. Puede pasar. Ayudante extraoficial del sheriff.

Mick siguió a Marquis hasta una sala de estar con un sofá y dos sillones que flanqueaban una alfombra desgastada. Tanner Curtis yacía de espaldas con tres heridas de bala en el torso. La sangre le había empapado la ropa y se había escurrido por el suelo, asentándose en las grietas de los tablones del piso. Sus ojos abiertos miraban sin vida al techo. Mick recordó al joven nervioso que había entrevistado en la cárcel e, inmediatamente, apartó de su mente la imagen de Tanner Curtis vivo. Ahora no era más que un objeto tirado en el suelo. Marquis examinó el cuerpo mientras Mick se paseaba por la habitación, catalogando mentalmente todo lo que veía. Una repisa de adorno montada sobre escuadras con cuatro patos de cerámica. Una estantería con una biblia, cuatro anuarios del instituto, nueve novelas románticas y una guía para criar gallinas. En las paredes había un conjunto de fotografías familiares en las que aparecía Tanner de bebé, fotos del colegio, de primaria a secundaria, y varias instantáneas de grupo tomadas en bodas y en celebraciones. Todos los parientes se parecían entre sí, salvo él. Una foto de unos primos adolescentes vestidos de gala incluía a Tanner, pero permanecía apartado, como si los otros seis niños se hubiesen alejado. O tal vez él mismo.

Se escucharon voces en el pasillo: el tono urgente de su hermana y un hombre con una voz aguda y temblorosa. Por debajo de la conversación confusa palpitaba el llanto de una mujer. Marquis dictaminó oficialmente la muerte de Tanner Curtis, asintió a Mick y se marchó. En cuanto se quedó solo, Mick se acuclilló junto al cadáver. Tres pequeñas heridas, probablemente de pistola. Uno de los agujeros de la camisa presentaba un amplio rastro de pólvora, lo que indicaba que el arma había sido disparada a bocajarro. Un poco más abajo, en el pecho, había un segundo orificio de entrada con un círculo más discreto de partículas residuales. El tercero no presentaba ninguna marca, solo unos finos hilos de la camisa que se habían teñido de sangre.

Sonó un portazo en el pasillo y Mick vio que su hermana acompañaba a los padres de Tanner por la puerta de atrás. Caminaban con expresión estoica y se apoyaban mutuamente, como caballos de tiro enjaezados, ambos intentando ponérselo más fácil al otro. Mick se acercó a la ventana y vio cómo Linda los dejaba en manos de uno de los policías municipales y volvía a entrar en la casa por la puerta principal.

—¿Es su casa? —preguntó Mick—. ¿De los padres?

—Sí, se lo encontraron ahí tirado. Vaya tela.

—¿Has podido sacarles algo?

—Nada —dijo Linda—. Tanner vino a instalarse aquí cuando lo soltamos. Estaban en el supermercado. No creo que hayan tenido nada que ver.

—Ni yo —dijo Mick—. Creo que fue a abrir la puerta y que le dispararon al momento. El primer disparo fue a corta distancia. Retrocedió o empezó a caerse. Los dos siguientes fueron desde un poco más lejos.

Señaló un pequeño agujero en la pared, lo bastante reciente como para que el polvo del yeso siguiera en el suelo.

—Otro disparo errado. Si escarbas ahí, encontrarás una bala.

—¿No habrá atravesado el panel?

—Tal vez, pero está muy cerca del borde. Apuesto a que está alojada en el marco. Un calibre pequeño. No le he dado la vuelta, pero toda esa sangre es de los orificios de salida de la espalda. Las balas no le rebotaron por dentro. El asesino usó un arma que estaba en la casa o que trajo en su vehículo.

—¿Algo más? —preguntó ella.

—Marquis vino y se fue. Sabrás más cuando termine con el cadáver. Algún vecino de la calle debe de haber visto el vehículo del asesino.

—Les pedí a los municipales que fueran de puerta en puerta.

—Bien.

—Y le dije a Johnny Boy que volviera a registrar la casa de Tanner. —Miró el cadáver con una expresión de desamparo en el rostro—. Si lo hubiera dejado entre rejas, seguiría vivo.

—Nunca debieron arrestarlo. Esto es responsabilidad del FBI, no tuya.

Dos jóvenes paramédicos entraron con una camilla plegable con ruedas y se agacharon para llevar a cabo su espeluznante tarea. Mick y Linda salieron de la casa. La repentina luz del sol que iluminaba la bonita calle parecía fuera de lugar, una afrenta a las circunstancias. Pasó rodando otro camión de troncos que iba soltando ramitas y restos de corteza. Redujo la velocidad ante el grupo de coches patrulla, desviándose hacia el jardín de un vecino.

—¿Están talando de nuevo allí arriba? —preguntó Mick.

—Sí. Toda la puñetera calle está furiosa por eso. Inundaciones repentinas. Un perro muerto. Daños a la propiedad. Dos niños casi atropellados. El alcalde dice que la tala es legal. No puede impedir que la gente explote sus propias tierras.

—¿Desforestan estas laderas y lo llaman tala?

—Los árboles madereros son un cultivo —dijo Linda. Señaló las manchas de grasa de su ropa—. ¿Cómo te has ensuciado así?

—Me abracé a un viejo bloque de motor.

El teléfono móvil de Linda zumbó en su bolsillo. Contestó y escuchó durante algo menos de un minuto.

—Tráetelo —dijo—. Te veo allí en diez minutos.

Cortó y maldijo mientras movía los hombros para aliviar una tensión que no tenía la menor intención de desaparecer.

—Alguien acaba de confesar haber matado a Tanner —dijo—. Johnny Boy lo va a llevar a la oficina.

—¿No a la cárcel?

—No, necesito escuchar la historia antes. No quiero volver a encerrar al tipo equivocado.

—¿Quieres que vaya contigo?

—Sí, pero nada de conversaciones secretas.

Mick asintió mientras observaba cómo se arremolinaban un par de estorninos alrededor de una chimenea al otro lado de la calle. La casa tenía una valla baja ornamental y se preguntó cuántas personas habrían tropezado con ella por la noche.

—He hablado con Peggy —dijo Mick.

—Ya era hora.

—¿Estás al tanto de todo?

Linda negó con la cabeza.

—Es bastante complicado —dijo él.

—Por cómo habéis estado actuando, me lo imaginaba.

—No es…

Vaciló, reacio a expresarlo en voz alta. No sabía por qué. No tenía sentido.

—No es hijo mío —dijo.

—Me lo temía —dijo ella—. ¿Qué coño le pasa?

—No lo lleva bien, está fatal.

—¿Y tú?

—No me gusta nada.

Linda lo miró con una expresión de simpatía, una expresión que él no recordaba haberle visto nunca de adulta.

—Lo siento, Mick.

—Ya —dijo él—. Vayamos a ver a quién tiene Johnny Boy.

Mick se dirigió a su camioneta y condujo lo más despacio posible, obligándose a admirar las montañas, las flores de los jardines, los árboles ornamentales plantados junto a las casas. Una tenía un enrejado cubierto de campanillas. Era una calle bonita. Con el tiempo superaría el asesinato, pero no la tala indiscriminada de las laderas.

Capítulo veintidós

Johnny Boy no estaba seguro de cómo proceder, en particular con respecto a la decisión de si esposar o no al sospechoso. Conocía a Bobby y a su hermano Billy de toda la vida. Vivían en la casa de enfrente, al otro lado del arroyo. Los dos hermanos se llevaban diez meses y siempre estaban juntos. La gente los llamaba «Bobby y Billy», incluso cuando se referían a uno solo.

Al final, no lo esposó, se sentó al otro lado de la sala y se puso a estudiar a Bobby, que se había desplomado en una silla y lloraba. Era de su misma altura y complexión, y vestía igual, salvo por la camisa. Incluso tenían el pelo igual de largo y del mismo color. Johnny Boy tenía la extraña sensación de que, con un par de cambios sustanciales, Bobby podría ser el policía y él el retenido.

Johnny Boy le ofreció una botella de Dr. Pepper, la última que quedaba en la neverita, y confió en que Bobby apreciara el gesto. La dejó sobre la mesa, junto al rollo de papel higiénico que Bobby utilizaba para sonarse la nariz y limpiarse la cara de vez en cuando. Johnny Boy tomó nota mentalmente de solicitar un suministro de pañuelos de papel para tenerlos a mano de cara al futuro. Como muchos hombres de las montañas, llevaba un pañuelo en el bolsillo del pantalón, uno rojo de algodón, de los que vendían en paquetes de tres en la droguería. El pañuelo estaba tieso por su propio sudor y no le parecía bien ofrecérselo a otra persona.

—¿Quieres que llame a alguien? —dijo Johnny Boy—. ¿A tu hermano?

Bobby negó con la cabeza.

—¿Estás seguro de lo que me has dicho?

Bobby asintió.

—Cuando llegue la sheriff tendrás que decírselo también a ella.

Ese dato provocó que un nuevo torrente de lágrimas se deslizase por sus mejillas, como si se le hubiera resquebrajado una junta en la cabeza. Johnny Boy apartó la mirada. Había visto llorar a un hombre en dos ocasiones y no le gustaba porque enseguida se le contagiaban las ganas. Las lágrimas le producían el mismo efecto que los bostezos. Para distraerse, se puso a repasar mentalmente el eventual papeleo: nombre, dirección, número de la seguridad social, ocupación. ¿En qué trabajaba Bobby ahora?

—Oye, Bobby —dijo—. ¿Sigues en el taller de Henry?

Bobby levantó la cabeza, revelando las mejillas húmedas y el reguero que se disponía a gotearle de la cara o a retroceder y seguir su camino por debajo de la barbilla. Johnny Boy se preguntó cómo era posible que las lágrimas desafiasen la gravedad. Tal vez fuese a causa de la sal.

—¿Te van mal los frenos? —preguntó Bobby—. Todavía hago mis chapucillas en casa. Puedes llevármelo cuando quieras.

—Eres el mayor experto en frenos del condado.

—Henry no pensaba lo mismo.

—¿Te despidió?

—No —dijo Bobby—. Pedí un aumento. Treinta centavos por hora, nada más. Me recortó las horas y renuncié. No se puede trabajar para un hombre así.

—Y que lo digas.

La puerta principal se abrió y Johnny Boy se levantó de golpe. Entraron Linda y su hermano. Ella miró la cara hinchada y cubierta de lágrimas de Bobby y luego a su ayudante.

—¿Le has pegado? —dijo.

—No le he hecho ningún daño.

—Tú y yo vamos a hablar un momento en privado.

Johnny Boy la siguió hasta su despacho, dejando a Mick con el prisionero, el sospechoso o lo que quiera que fuese. El llorón. El asesino de los frenos. Linda cerró la puerta y bajó la voz.

—¿Cuál es de los dos? —preguntó.

—Bobby.

—¿Seguro?

—Sí, Billy es el grande.

—Bien —dijo ella, asintiendo—. Cuéntame lo que ha pasado.

—Me dirigí a la casa de Tanner, tal y como me ordenaste. La puerta estaba abierta. Entré en el domicilio y me encontré al intruso.

—Habla normal.

Con un suspiro atormentado, Johnny Boy continuó.

—Me encontré a Bobby rebuscando entre las cosas. Le pregunté qué estaba haciendo. Me dijo que había matado a Tanner. Luego se puso a llorar y no ha dejado de hacerlo desde entonces. Te llamé y me lo traje.

—¿Ha dicho algo?

—Se ha ofrecido a arreglarme los frenos.

Volvieron a la dependencia exterior, donde Mick estaba acompañando a Bobby al cuarto de baño de caballeros, diciéndole que se lavara la cara. Cuando la estrecha puerta se cerró, Mick se acercó lo suficiente para oír el agua que salía del grifo.

—¿Qué tenemos? —le preguntó a su hermana.

—Bobby Renfro —dijo Linda—. Ha confesado.

—¿Quieres que hable con él?

—Todo tuyo.

Pasaron un par de minutos y Bobby salió. Se instalaron en el despacho, Mick al lado de Bobby, sin ningún mueble de por medio. Linda y Johnny Boy se sentaron contra la pared con un dispositivo de grabación de audio.

—¿Tienes hambre? —le preguntó Mick.

—No —dijo Bobby—. ¿Tú sí?

—Ahora mismo no, gracias. ¿Sabes por qué estás aquí?

—Maté a Tanner.

—De acuerdo. Retrocedamos un poco. ¿Lo conocías?

—Sabía quién era. Todo el mundo lo conocía. Reparé el coche de su padre.

—¿Discutisteis o algo así?

—No. Me enteré de que se estaba quedando en casa de sus padres. Luego vi a sus padres en el supermercado y supe que estaría solo.

—¿Y entonces qué? —dijo Mick.

—Fui a su casa.

—¿Llevabas un arma?

—Sí.

—¿De qué tipo?

—Una pequeña Colt del veintidós. No sirve para mucho.

Mick dejó que aquellas palabras se quedaran flotando en el aire como hojas cayendo a la deriva.

—Así que fuiste a la casa de sus padres —dijo Mick—. ¿Te acompañó alguien?

—No, fui solo.

—¿Alguien sabía que ibas a ir?

—No. Fui directamente desde el supermercado. Abrió la puerta y le disparé cuatro veces, luego me largué.

—¿A dónde?

—A su casa.

—¿Y eso?

Bobby cerró los ojos y la leve presión de sus párpados liberó las lágrimas.

—Respira hondo —dijo Mick—. Sé que estás alterado. Pero cuanto antes terminemos de hablar, antes podrás ponerte a llorar de nuevo. ¿De acuerdo, Bobby? ¿Lo intentarás?

Bobby asintió y se llenó los pulmones con una inhalación dramática. Levantó las cejas hacia Mick como si buscara la confirmación ante un trabajo bien hecho.

—Muy bien —dijo Mick—. Déjalo salir poco a poco, y luego repítelo un par de veces.

Bobby obedeció y se enjugó la cara con el dorso de la mano.

—Fuiste a casa de Tanner —dijo Mick—. ¿Por alguna razón?

—Sí. Estaba buscando fotos de él con Nonnie.

—¿Por qué?

—Para romperlas.

—¿Conocías a Nonnie?

Bobby asintió con el labio tembloroso. Mick se inclinó hacia él y suavizó el tono de voz.

—Dime cómo la conociste.

—En el instituto —dijo Bobby—. Era buena conmigo. Un día fuimos al bosque. Y, ya sabes... Lo hicimos.

—¿La volviste a ver después de eso?

—Sí, dos veces más.

—¿Tres veces en total? —preguntó Mick.

—Sí, pensé que significaba algo. Para mí fue importante. Luego se casó con ese chico de los Johnson que tocaba la guitarra y conducía un Trans-Am.

—Supongo que las cosas entre tú y ella se acabaron.

—Sí, para siempre. Mi hermano quiso emparejarme con una de las hijas de los McGee. Eran un montón, todas de lo más simpáticas, pero nunca lo hice. No podía estar con nadie más. Solo con Nonnie.

—Te preocupabas por ella.

—La quería, tío. La amaba. Y el Adoptado la mató. Así que le devolví la jugada. Y lo volvería a hacer. Lo mataría una y mil veces.

—Está bien, Bobby. Lo entiendo. Lo estás haciendo muy bien. Una cosa más, ¿dónde está el arma con la que le disparaste?

—En mi coche.

Mick miró a su hermana, que dio un codazo a Johnny Boy y le lanzó una mirada asesina. Johnny Boy salió a la calle con expresión de disgusto.

—Bobby —dijo Mick—. La sheriff va a llevarte ahora a la cárcel. Tiene que hacerlo.

—Sí, lo sé.

—Está bien. Si quieres llorar un poco más, adelante. En el trullo más te vale no hacerlo.

—No —dijo Bobby—. Creo que ya he terminado.

—Pues vamos. Hay que ir tirando.

Mick lo ayudó a ponerse de pie y Linda lo guió hacia la puerta principal. Mick decidió esperar a Johnny Boy. El arma corroboraría la confesión y si Johnny Boy no daba con ella, Mick sabía que se tendría que ocupar él. Echó un vistazo a la sala, pensando en que su hermana se pasaba la mayor parte del tiempo allí dentro. La estancia carecía de elementos personales, solo un escritorio y una silla, archivadores y una fotografía del gobernador impresa sobre un lienzo con textura de guijarros. En un rincón, la bandera del estado colgaba de un asta de roble. En ella aparecían dos hombres dándose la mano, uno con un traje oscuro en representación de la capital del estado. La otra figura iba vestida con las típicas pieles de gamo con flecos de los hombres de la frontera. El lema oficial de Kentucky enmarcaba a los dos hombres: «Unidos, nos mantenemos; divididos, caemos». A Mick siempre le había parecido una imagen absurda. Ningún político le había estrechado jamás la mano a un nativo de los Apalaches, a no ser que pretendiera apropiarse de sus tierras y de sus derechos de explotación minera.

Johnny Boy entró con paso pesado en la oficina. Llevaba un pequeño revólver en una bolsa de plástico para pruebas.

—Tirado en el asiento —dijo.

—Haz que analicen las manos y la ropa de ese muchacho en busca de residuos —dijo Mick—. Luego saca la bala del marco de la puerta de la casa de los padres. Mira si coincide con el arma.

—Tú no eres mi jefe.

—Puedo pedirle a Linda que te diga que lo hagas. Pero si te pones ya manos a la obra, se quedará impresionada por tu iniciativa.

—No intento impresionarla.

—Pues no haber buscado el arma ha transmitido una impresión bastante clara. Mala. Mira, solo estoy tratando de echarte un cable. Si pasas de mi culo, a mí me la pela.

Mick se dirigió a la puerta.

—¿Quieres que le diga a tu hermana a dónde vas? —preguntó Johnny Boy.

—Al viejo hogar de los Caudill.

—Hay mogollón de Caudill. Los del pueblo, los de la cresta y los del valle.

—Al este. No estoy seguro de dónde queda exactamente. El título está a nombre de Augustus. Murió y la propiedad pasó a manos de su esposa. Tres hijos, Boyd, Virgil y Sara.

—Boyd Caudill —dijo Johnny Boy, frunciendo el ceño—. Espera un momento.

Johnny Boy dejó la bolsa de pruebas sobre el escritorio de Linda y se dirigió a uno de los archivadores. Sacó una carpeta manila hecha polvo, con el cartón hinchado por años de humedad.

—Sí —dijo—. Aquí está. Caudill, Boyd. Hallado muerto hace veintiséis años, nunca se esclareció.

Le pasó la carpeta a Mick, que hojeó las páginas mecanografiadas. Informe preliminar del crimen. Entrevistas. Seguimientos. Boyd tenía antecedentes: dos faltas por consumo de alcohol. El documento del forense concluía muerte por disparo. Estaba firmado por Marquis Sledge Jr., el padre del actual forense.

—Aquí no hay mucho —dijo Mick.

—Lo importante es lo que no hay.

Johnny Boy sacó otro expediente y se lo entregó. Era escaso, pero similar: Rodale, William. Ningún arresto previo. Un asesinato por arma de fuego sin resolver ocho meses después de la muerte de Caudill.

—¿Crees que los mató el mismo tipo? —dijo Mick.

—Yo era un chiquillo cuando ocurrió. Pero no, no creo que fuera el mismo asesino. Se decía que Rodale había matado a Boyd Caudill. Y que luego el hermano pequeño de Boyd, Virgil, mató a Rodale.

—¿Alguna prueba?

—No. Solo un montón de rumores. Pero justo después del asesinato de Rodale, Virgil desapareció. Nadie lo volvió a ver.

—¿También lo mataron?

—El cuerpo nunca apareció. Troy Johnson era el sheriff por aquel entonces. Sin relación de parentesco con Nonnie. Sus notas están ahí. El vehículo de Virgil se esfumó. Dos días antes, retiró un montón de pasta del banco. Troy pensaba que Virgil lo había planeado todo. Mató a Rodale y se fue del condado.

—¿Nunca volvió?

—Cuando murió su madre, Troy lo esperó en el funeral para encerrarlo, pero no se presentó.

—¿La hermana vive allí ahora?

—No, después de la muerte de su madre, se mudó a Ohio. Su marido consiguió un puesto en una fábrica.

—Así que no vive nadie en su antigua casa.

—No, desde hace veintitantos años. Una buena casa y un bonito emplazamiento en lo alto de una cresta. Todavía está en pie. Puedo indicarte cómo dar con ella. Cuando estaba en el instituto, era donde íbamos a ponernos tibios de cerveza.

Mick atendió a las indicaciones de Johnny Boy y las fue memorizando, sorprendido por su especificidad. Mick le dio las gracias y se dio la vuelta para marcharse, pero se detuvo en la puerta.

—Oye, Johnny Boy —dijo—. ¿Cómo es que sabes todo eso?

—Hay días en los que no hay mucho que hacer por aquí. Me he leído todos los archivos antiguos.

—¿Y los recuerdas?

—¿Tú no lo harías?

—Sí, claro. —Mick asintió—. Buen trabajo.

181

Mick se marchó y Johnny Boy escuchó el motor de la vieja camioneta rugiendo al cobrar vida cuando Mick bombeó el acelerador para inyectar combustible. En los coches nuevos no hacía falta. Como todo lo relacionado con Mick, se había quedado anticuado. Johnny Boy se preguntó qué pasaba cuando un hombre anticuado envejecía. ¿Empataría en algún momento con el tiempo?

Luego se puso a releer los archivos. Era pariente de los Rodale, un hecho que había mantenido deliberadamente en secreto. Si Virgil Caudill volvía alguna vez al condado de Eldridge, sería él, Johnny Boy, quien tendría que encargarse de poner las cosas en su sitio.

Capítulo veintitrés

Mick estaba saliendo del aparcamiento para enfilar la calle cuando vio que el vehículo de su hermana venía en sentido contrario. Dio media vuelta, aparcó junto a ella y se bajó.

—Johnny Boy ha encontrado el arma —dijo—. ¿Quién se encarga de la investigación forense?

—La estatal. Pero llevan semanas de retraso. ¿Crees a Bobby?

—Puede que haya algo más, pero no miente.

—Treinta años —dijo ella—. Eso es mucho tiempo suspirando por alguien y razón suficiente para matar por ello.

—Más o menos lo mismo que tarda un árbol en crecer y que lo talen.

—Así que ahora resulta que eres un experto maderero.

—No, pero entiendo a los humanos.

—Será a otros. Porque lo que es a ti mismo, está visto que no. Tendrías que intentarlo.

—Tienes toda la razón —dijo—. Necesito encontrarme a mí mismo. Debería hacer yoga y conectar mi centro vital con la tierra. ¿Qué es lo que te reconcome?

—Esos policías de la ciudad. Crecieron con Bobby. Uno dijo que Tanner probablemente se haya suicidado.

—Tal vez. Tal vez Bobby intervino y le disparó otras dos veces para asegurarse.

—Ahora mismo están hablando por teléfono con Murvil Knox. No le va a gustar. Ya me echó la bronca anoche por soltar al Adoptado. Me llamó a casa.

—Hiciste tu trabajo, hermanita.

—A veces no me gusta nada mi trabajo.

—Como a casi todo el mundo.

—¿A ti también te pasa? —dijo ella.

—Intenta entrar en un cuartel para arrestar a una mala bestia de veinte añitos. A eso es a lo que me dedico en lugar de estar en casa con mi mujer. Así que no, no me gusta mi trabajo. Lo que pasa es que se me da bien.

Pasó un coche lleno de adolescentes con la música a todo trapo tronando por las ventanillas. Entraron en el aparcamiento de un local de comida rápida y salieron del coche como ganado liberado de un corral, tres chicos y tres chicas. Cuatro tenían el pelo teñido. Los otros dos, un chico y una chica, llevaban un corte a lo mohawk, con una pequeña cresta engominada de pájaro carpintero. Como los rebeldes de pueblo pequeño de todo el mundo, se mimetizaban. Mick se preguntó quién sería el dueño del coche, quién pagaría la gasolina y el tinte de pelo.

—Esos chavales —dijo—. Son libres como los arrendajos. ¿Alguna vez te dedicaste a dar vueltas así en coche?

—Claro. Lo llamábamos «quemar el centro». Conducir hasta un extremo del pueblo por la calle principal, dar media vuelta y volver a empezar. Nuestro récord estaba en noventa y tres pasadas. Intentábamos llegar a cien, pero el conductor siempre tenía que volver a casa a cenar. ¿Tú nunca lo has hecho?

—Vivía demasiado lejos para tener colegas. A veces pienso que por eso me alisté en el ejército, para tener amigos.

Un Ford Explorer último modelo con los cristales muy tintados entró despacio en el aparcamiento. Rodó hasta detenerse y el agente especial Wilson se apeó lentamente. Estiró la espalda como un anciano al levantarse de la cama y luego torció el cuello hasta hacerlo crujir por ambos lados. Tenía la piel pálida. Mick reconoció las señales de una prolongada operación de vigilancia dentro de un vehículo. Los tres se miraron, a la espera de que alguien se pronunciara.

—Sheriff —dijo Wilson—. He oído que la cosa se le ha liado.

—Y yo he oído que a ti te han puesto a vigilar en la interestatal. ¿Arrestaste a alguien?

—No. Mi jefe clausuró el área de descanso. Así le ahorra dinero al contribuyente por partida doble: el mantenimiento del edificio y mi sueldo por no hacer nada.

—Un duro golpe para los ciegos —dijo Mick.

—¿Perdón? —dijo Wilson.

—El dinero de las máquinas expendedoras de las áreas de descanso. Se destina a los ciegos.

Wilson miró a Mick como si fuera un cachorro que acabara de cagarse en el porche, luego centró su atención en Linda.

—Ahora puedo colaborar en su investigación —dijo.

—No me hace falta —dijo ella.

—Tengo órdenes de brindarle ayuda federal.

—La última persona que me trajiste está muerta.

—No debió dejarlo salir.

Linda se abalanzó sobre él como propulsada por una catapulta, con la cara roja y los puños en alto para agredirlo. Mick se interpuso entre ellos. Rodeó a Linda con los brazos y la hizo retroceder por el solar asfaltado.

—Quítame las putas manos de encima —gritó—. Suéltame, Mick.

Mick la soltó y alzó los brazos, con las manos abiertas.

—No merece la pena —dijo.

—Para mí sí.

—Desfógate conmigo todo lo que quieras, pero no te líes a mamporrazos con un federal.

Linda se esforzó por recobrar la compostura, las manos le temblaban de rabia. Inició un patrón de respiración lenta que él reconoció de su adolescencia. Ella lo llamaba el 5-3-6: inhalar durante cinco segundos, aguantar tres y soltar el aire durante otros seis. Un consejero escolar le había enseñado la técnica después de que ella se hubiera visto envuelta en una pelea en el patio del colegio. Su oponente, un chico más grande, había llamado borracho a su padre y Linda le había metido una soberana paliza porque era verdad. Más tarde, el chico intentó salir con ella.

El color de su rostro regresó a su tono habitual de aspereza, resultado de la excesiva intemperie y de su negativa a usar maquillaje o protector solar. Habló con los dientes apretados.

—Apártalo de mi vista.

Mick asintió, viéndola dirigirse a la oficina. Pensó en avisar a Johnny Boy con un mensaje de texto, pero su teléfono estaba en la guantera. Entonces se volvió hacia Wilson, que se había quedado en postura de boxeador.

—No te preocupes —dijo Mick—. Conmigo estás a salvo.

—Intento de agresión a un oficial federal. Puedo hacer que la empapelen.

—Si presentas cargos, diré que fuiste tú quien la provocó.

—¿Lo haría? ¿Mentiría bajo juramento?

—¿Por ella?, ni lo dudes.

A Wilson se le fue escurriendo la ira, al principio poco a poco, pero luego a borbotones, como si fuera una tabla sometida a un peso excesivo, a punto de romperse. Mick casi sintió pena por él. A Wilson tampoco le gustaba su trabajo.

—Mira —dijo Mick—. Detuviste al que no era y ahora ese tipo está muerto. Es la sheriff la que queda en mal lugar, no el FBI.

—¿Quién mató a esa tal Johnson?

—Estoy en ello.

—Déjeme ayudarle —dijo Wilson.

—No es buena idea.

Mick se dirigió a la camioneta y se fue.

Wilson se sentía atrapado como un ratón sin más opción que mordisquear el queso. Envidiaba la lealtad de Mick hacia su hermana. El único hermano de Wilson le sacaba seis años y lo había acosado sin piedad, luego se graduó en West Point entre los diez primeros de su clase y murió en Afganistán mientras comandaba una patrulla. Lo enterraron en Arlington con una salva de veintiún cañonazos. Su madre recibió una bandera plegada y tres medallas póstumas. Se sumió en la depresión mientras su marido se ensimismaba en jornadas de trabajo de dieciocho horas. Wilson quería estudiar Historia y dedicarse a la docencia. En lugar de eso, ingresó en el programa del Cuerpo de Instrucción de Oficiales de Reserva (ROTC) de la Universidad de Louisville y obtuvo el grado de subteniente.

Para evitar que la familia sufriera más pérdidas, el ejército destacó a Wilson en suelo estadounidense. Murvil Knox, un amigo de la familia, se atribuyó el mérito y exigió una compensación mediante el arresto de Tanner Curtis. Wilson había cumplido. Siempre había cumplido: con su hermano, con sus padres y con Knox. Y se odiaba a sí mismo por su pasividad innata.

Una sensación de desesperación se asentó sobre él como una colcha de cemento. Si su hermano hubiese vuelto a casa, las cosas serían distintas. Wilson tendría su doctorado y estaría trabajando para obtener la titularidad. Pero en vez de eso, la recompensa por sus logros académicos fue que lo enviasen a una pequeña localidad que no podía desagradarle más, con la orden de ayudar a una gente a la que no podía desagradar más.

Capítulo veinticuatro

La madre de Peggy era una mujer excesivamente ordenada, uno de los muchos rasgos que irritaban a su hija. Un rato antes, durante su visita, se habían comido una magdalena mientras bebían té en la pequeña cocina, y su madre no había dejado caer una sola miga ni salpicado una sola gota. Se había pasado la servilleta por los labios y luego la había vuelto a doblar. Peggy se alegró al verla marchar. Su madre nunca había aprobado a Mick debido a su familia: padres divorciados, madre recluida, padre alcohólico, abuelo ermitaño. En su opinión, Mick había arrastrado a Peggy lejos del condado, a lugares a los que no pertenecía. El único mérito que le atribuía era el embarazo. Por fin, había dicho. Gracias a Dios.

Peggy limpió la mesa y aclaró los platos. Volvió a acomodar las sillas como si tratara de ocultar los indicios de la visita. Temía el juicio de su madre, que acabaría llegando antes o después, un embate de silencio salpicado de comentarios de mezquina crueldad. Peggy deseaba que su padre siguiera vivo. Murió el día que cumplió dieciséis años, el peor golpe de su vida. Peggy se casó con Mick tres años después.

Ahora, en la encrucijada de lo que sospechaba que era el fin de su matrimonio, aquello parecía significativo. No estaba segura en qué sentido. En aquel momento era muy joven y se entusiasmó con la aventura de viajar, algo de lo que se cansó enseguida. Mick era un buen hombre, tan íntegro como su padre, capaz de soportar las mayores dificultades sin quejarse. Trabajaba duro y volvía a casa contento. Incluso ahora, después de haberle dado motivos más que sobrados para la furia, mantenía a raya su temperamento. Cualquier otro hombre le habría gritado que era una puta y se habría puesto a golpear las paredes con los puños. Cualquier otro hombre habría manifestado sus emociones, aunque solo fuera para demostrar que le importaba. Ella sabía que él la quería, que su lealtad inquebrantable jamás se debilitaría.

Peggy nunca había sido de las que se abalanzaban sobre los bebés, ávidas por sostenerlos, haciendo arrullos sobre sus manitas. Las amigas con hijos pequeños estaban siempre fatigadas, no paraban de quejarse y tenían la casa hecha un desastre. Sin embargo, no estaba convencida de querer dar a su bebé en adopción. Estaba creciendo dentro de su cuerpo, un pensamiento absurdo en abstracto, pero la realidad concreta era algo completamente distinto. Por encima de todo, era suyo, solo suyo. Había sentido su movimiento durante los últimos tres meses, con mayor frecuencia por las noches. Eso no se lo había contado a nadie. No quería compartir esa emocionante sensación con su médico, ni con su madre, ni con Mick. Era su bebé.

Peggy se sentó en el sofá y se puso a jugar una partida en el móvil, adormeciéndose sobre el cojín. Prefería estar dormida, esos eran los únicos momentos de respiro ante la incomodidad de su cuerpo y de sus atropellados pensamientos. La puerta sonó dos veces y se abrió. Era Linda.

—Oh —dijo Linda—. Siento haberte despertado.

—No —dijo Peggy—, no te preocupes. Solo estaba descansando un rato.

Linda puso sobre la mesa una bolsa de comida para llevar de un restaurante mexicano.

—¿Todavía tienes antojo de tacos?

—No lo sé. Tal vez. Gracias. Acabo de picotear algo con mamá.

—¿Qué se cuenta?

—Básicamente se dedica a sacarme de quicio.

—¿Qué le has dicho de que Mick se esté quedando en la cabaña?

—No mucho —dijo Peggy—. De todos modos, prefiere venir cuando él no está.

Linda se acomodó en su sillón habitual. Peggy y ella habían estado muy unidas en el pasado, más que ahora en cualquier caso, y trataba de dejarse caer por allí cada dos semanas. No lo había hecho desde el regreso de Mick. Enterarse de que su hermano no era el padre del bebé había cambiado todo lo que había pensado hasta entonces. Entendía que Peggy lo mantuviera en secreto, pero ahora que ya lo sabía, se sentía incómoda, como si le estuviera ocultando información.

—¿Cómo está Mick? —preguntó Peggy.

Linda sopesó su respuesta, y entonces se dio cuenta de que solo hablaban de Mick. No del trabajo de Linda, ni de la madre de Peggy, ni de los chismes locales. Siempre Mick. Linda se preguntó si tendrían alguna otra cosa en común.

—Me contó que el bebé no es suyo —dijo Linda.

—Sí, bueno. Es la verdad.

—Nunca me imaginé que mentirías en algo así.

—¿Qué se supone que significa eso?

—Nada —dijo Linda—. Me alegro de que se lo contases.

—¿Estás enfadada porque no te lo conté a ti?

—No —dijo Linda—. Estoy enfadada porque has hecho daño a mi hermano. Eso es lo que me cabrea. ¿Cómo pudiste hacerlo?

—Fue un accidente. Un error.

—Eso es lo que dicen las adolescentes. Tú tienes ya treinta y tres tacos. No eres imbécil. Está destrozado.

—No deberías haberle dicho nada.

—Tenía que saberlo.

—Era decisión mía, Linda. No tuya. Has metido las narices hasta el fondo y ahora vienes a mi casa a echarme la peta. No quería que me viera así. Tenía un plan y tú lo arruinaste.

—¿Qué plan?

—Tener el bebé y darlo en adopción antes de que llegara. Así habría sido más fácil para él. Para los dos. Pero no, tú tenías que ir y llamarlo. Si está destrozado es por tu culpa.

—Eres su mujer. Se supone que tienes que hablar con él.

—¿Qué sabrás tú de eso? —dijo Peggy—. Nunca has estado casada. Lo máximo que has tenido es un novio que te duró ¿cuánto?, ¿seis semanas?

—Ocho meses.

—Ah, sí. Aquel chico de los Collins de Brushy. Lo recuerdo muy bien. Rompiste con él porque no te gustaba su forma de comer.

—Se hurgaba los dientes con el tenedor.

—Siempre tenían algo —dijo Peggy—. Aquel tío, Jackson, a ver que me acuerde, ese se mordía las uñas. Y de Orville Carter dijiste que se vestía demasiado bien. ¿Me olvido de alguno? Bobo Fraley tenía un coche que no te gustaba. Leonard, el del aserradero, se pasaba horas viendo la tele. Y de uno de los hermanos Anderson, no recuerdo cuál, no te gustaba su corte de pelo. ¿Y te dije algo alguna vez? No, nunca. No es mi problema si quieres ganarte una reputación.

—¿Una reputación de qué?

—Dímelo tú, Linda. Tú eres la que ha salido con la mitad de los chicos del condado.

—Al menos usé condones.

—Eso solo significa que lo planeaste de antemano. No eres mejor que yo, así que no actúes ahora como si lo fueras. Cuando lleves quince años casada con un hombre que está ausente la mayor parte del tiempo, puede que preste atención a lo que tengas que decirme. Hasta entonces, no te metas en mi vida.

Se miraron fijamente, ambas airadas, ambas temerosas de lo que la otra pudiera decir. Ninguna sabía cómo atajar la situación.

Linda se levantó y se dirigió hacia la puerta.

—Eras como una hermana para mí —dijo—. ¿Qué pasó?

—Me aburrí —dijo Peggy.

—¿De mí?

—De todo. De esta casa, de Rocksalt, de que Mick nunca estuviese. Todos los días hago las mismas cosas y tengo las mismas conversaciones con la misma gente. Siempre me están mirando y juzgando. Nunca a la cara, pero es algo que se nota. Ahora tú y todos los demás tenéis una buena razón para hacerlo. ¿Cuándo fue la última vez que hablamos de algo personal?

—Lo estamos haciendo ahora.

—Demasiado tarde —dijo Peggy—. Ya todo es demasiado tarde.

—Mick volvió por ti.

—No se quedará.

Linda se fue, dándole vueltas a las respuestas que le podía haber dado. A todo lo que debería haberle dicho. Sobre todo, se sentía mal por haber perdido una amiga. No tenía muchas y conocía a Peggy desde hacía veinte años. Peggy era demasiado joven para sufrir la crisis de los cuarenta, pero en las montañas las crisis se presentaban antes de tiempo. Como todo: la muerte, la penuria y la pérdida. Por lo general, también los niños. Quizá, cuando naciera el bebé, se calmaría, pero el impacto de las palabras desagradables que se habían dicho permanecería. La afirmación de Peggy le había dolido porque era cierta. Linda evaluaba constantemente a los hombres, buscaba motivos para descartarlos. Nadie era nunca lo suficientemente bueno.

Todas las quejas de Peggy sobre la vida en Rocksalt eran precisamente las razones por las que a Linda le gustaba el pueblo. La seguridad de encontrarte con la misma gente, a veces hasta tres veces al día, en distintas tiendas. Había un protocolo para tales ocasiones. La primera vez preguntabas por la familia. La segunda, sonreías y hacías una broma sobre la casualidad de llevar el mismo itinerario. La tercera sonreías y saludabas con la mano. Se creaba una intimidad que transmitía seguridad. Parte de la razón por la que había entrado en la policía era el deseo de mantener el orden para todos, un orden que Peggy ya no quería.

Cuando Linda se marchó, Peggy se sentó en el sofá y se acunó el vientre. Estaba enfadada con Linda y consigo misma, enfadada con todo el mundo menos con el bebé. Se había quedado sorprendida por lo que había dicho, pensamientos que nunca había articulado ni reconocido. Estaba inmensamente aburrida y llevaba estándolo desde hacía siglos. Bueno, dejaría de estarlo en cuanto naciera el bebé. Ser madre le daría un propósito, un propósito que no decaería como el de ser esposa o cuñada. Linda tenía una carrera por delante y Peggy tendría un bebé. Era lo que quería.

Capítulo veinticinco

Mick condujo hacia el este por carreteras rurales, encantado de alejarse del desorden de la vida civilizada. Echaba de menos la simplicidad del ejército. El tiempo adquiría una cualidad maleable en el desierto, como si transcurriera lentamente o no transcurriera en absoluto, para luego saltar hacia adelante o retroceder dos siglos. La vida allí era similar a la de los cerros. Había echado de menos el color verde, la sombra de los árboles e incluso la humedad. Ahora añoraba el aire cristalino del desierto y el consuelo del vasto espacio vacío.

Se detuvo a consultar el mapa, trazado a mano siguiendo el pliego que había fotocopiado en el juzgado. Las indicaciones de Johnny Boy le habían sido de gran ayuda: por la vieja carretera 60, a la derecha al llegar a Open Fork, pasado el arroyo, luego a la izquierda en Bearskin, seguir por Crosscut Ridge y, finalmente, buscar una brecha entre los árboles. Por allí se llegaba a la antigua casa de los Caudill. Mick siguió hacia el este, pensando en los hermanos Caudill, Virgil y Boyd. Se preguntó si todas las historias familiares serían así de tristes, o solo en las montañas. La gente de los Apalaches vivía según códigos ancestrales que los obligaban a actuar. Las afrentas siempre eran personales. Los actos de venganza perduraban durante generaciones. Cada mañana, antes de que empezaran las clases, Mick recitaba el juramento a la bandera y el padrenuestro. Todos los niños se lo aprendían: «como también nosotros perdonamos a los que nos ofenden», un mensaje rotundo y generoso que olvidaba incluir un marco temporal. En las montañas era más conveniente perdonar a los ofensores después de matarlos.

Bearskin era una carretera de asfalto de un solo carril que en la infancia de Mick había sido de tierra. Al llegar al fondo del valle, ascendió la empinada y sinuosa pendiente hasta Crosscut Ridge. En la cumbre corría una brisa que le refrescó la cara mientras buscaba un hueco entre los árboles lo suficientemente ancho para albergar un viejo camino. Paró en dos ocasiones. Una resultó ser una brecha dejada por antiguos leñadores y la otra, una separación natural de la arboleda. Continuó más despacio, disfrutando de la belleza de las montañas. La abertura, cuando al fin dio con ella, era de lo más evidente y, claramente, obra del hombre. Pasó bajo el dosel del follaje y aparcó junto a un grupo de árboles de hoja perenne que impedirían que la camioneta se viese desde la carretera. Se bajó y las agujas de los pinos le arañaron la cara; acto seguido, sacó de la cabina la mochila y la pistola.

Echó un vistazo a su alrededor con atención, memorizando la zona por si se veía obligado a regresar por una ruta diferente. Aquel era el último lugar que había mencionado el señor Tucker y Mick esperaba encontrar allí a Delmer Collins. Su plan no podía ser más sencillo: detenerlo y dejar que Linda lo utilizara para quitarse de encima a Murvil Knox.

Se puso en cuclillas para examinar los hierbajos y los arbustos aplastados por un vehículo reciente. Las briznas de hierba seguían levemente arqueadas, lo que significaba que las rodadas eran de hacía apenas un rato. La distancia entre los neumáticos indicaba que se trataba de una camioneta grande. Unos metros más allá, distinguió otro conjunto de rodadas algo más antiguas por debajo de las recientes. Mick se adentró en el bosque y avanzó en paralelo al viejo camino, deteniéndose cada pocos pasos para escuchar. Una codorniz anunció su nombre, como si se presentara al bosque. Sonó el reclamo de un búho madrugador. En dos horas sería noche cerrada, reinaría una oscuridad densa y profunda, el dosel de ramas entrelazadas bloquearía la luz de las estrellas. Su impulso fue apresurarse, así que aminoró la marcha.

En lo alto de una pequeña elevación, se detuvo en seco, inmovilizando los brazos y la cara. Había una camioneta en lo que quedaba del camino, una Ford F-150 último modelo, cuatro por cuatro, la misma que había visto aparcada en la casa de los Johnson. Quienquiera que la hubiera dejado allí quería acercarse a pie al antiguo hogar de los Caudill.

Mick se desplazó lentamente hasta divisar una parte de la casa a través del follaje. Descendió hasta el cauce seco de una torrentera y se deslizó sobre el vientre cuesta arriba. La casa se asentaba en lo que en su día había sido un calvero, a la sombra de enormes robles centenarios. Las malas hierbas habían campado a sus anchas sobre el terreno, entre matas de festuca anchas como el mango de un hacha. El suelo del porche parecía sólido, pero el tejado se había vencido hacía años. Mick volvió a internarse en el bosque e inició un largo y lento reconocimiento de la casa, la rodeó, se acercó para observar la parte de atrás y repitió el proceso con los dos muros laterales.

Sintió que tenía a alguien a sus espaldas y se giró bruscamente, con la pistola en ristre. No había nadie y no oyó ningún ruido. Se encogió de hombros y lo achacó a su estado de máxima alerta. Cuando le volvió a suceder, se quedó examinando el bosque durante tres minutos, sin poder quitarse de encima la sensación de que había otro humano cerca. El bosque estaba en calma. Un cardenal emitió su reclamo: dos silbidos rápidos seguidos de un chirrido que se fue extinguiendo. Mick sabía que estaba solo. Los cardenales solo emitían ese sonido cuando se sentían a salvo.

En el lado opuesto de la casa había otro vehículo, un viejo Bronco restaurado. Mick se acercó al edificio y escuchó las voces de dos hombres. No pudo distinguir lo que decían, así que escuchó atentamente los tonos. Uno hablaba más rápido que el otro. Ambos estaban bajo presión, afligidos, voces apagadas teñidas de desesperación. Supuso que uno iría armado, quizá ambos.

Mick se agachó detrás de un nogal y consideró las opciones. Si se arrastraba lo bastante cerca para oírlos, se arriesgaría a alertarlos de su presencia. Una distracción los haría salir de la casa, pero si salían a la vez, las probabilidades de que Delmer escapara serían del cincuenta por ciento. Era mejor atraparlos dentro.

Encorvado y moviéndose muy despacio, Mick se dirigió al Bronco y se sirvió de él para cubrir su avance mientras giraba hacia la parte trasera del vehículo, que estaba aparcado junto al porche. En el suelo del porche faltaba un tablón. La puerta estaba abierta. Realizó un nuevo reconocimiento, configuró la casa en su mente: rectangular con una segunda planta que abarcaba la mitad trasera de la vivienda. La puerta daría acceso al salón por un lado y a la cocina por el otro. Tendría que dar dos pasos silenciosos sobre la tierra, saltar al porche, esquivar el agujero del suelo y cruzar la puerta. En cuatro segundos estaría dentro. Repasó el plan y reprodujo mentalmente los pasos precisos que iba a dar. Previsualizó dos veces más la secuencia de movimientos, luego se lanzó desde el lateral del Bronco e irrumpió en la habitación.

Dos hombres se volvieron bruscamente hacia él, ambos jóvenes, uno armado con un revólver. Mick le apartó el arma y lo golpeó en el pecho con fuerza suficiente para dejarlo sin respiración. El otro se le quedó mirando fijamente. Estaba sentado en una silla con respaldo de listones horizontales y un tablón a modo de asiento, las piernas le temblaban de miedo. Mick se apoderó del revólver y apuntó a cada uno con un arma.

—¿Cómo te llamas? —le dijo al que estaba sentado.

—Delmer Collins.

—¿Quién es tu amiguito?

—Frankie Johnson.

—¿El hijo de Nonnie?

Delmer asintió.

—¿Vino a matarte? —preguntó Mick.

Delmer asintió de nuevo mirando a Frankie, que yacía en el suelo jadeando.

—Bueno, pues ya no lo hará —dijo Mick.

Azuzó a Frankie con la bota.

—Arriba —dijo—. No es para tanto. Solo estás asustado porque no puedes respirar. De haber sabido que eras tú, Frankie, habría sido más indulgente.

Frankie se desplazó por el suelo hasta apoyarse en la pared, con las manos en el pecho, y miró a Mick con los ojos entornados, como tratando de identificarlo.

—Estuve en tu casa el otro día —dijo Mick—. Hablé con tu tía y con tus primos. Tú estabas acostado. Me imaginé que encontraría aquí arriba a Wade o uno de los gemelos, no a ti.

Frankie sacudió la cabeza y habló con una voz ronca y aguda al mismo tiempo.

—Wade dijo que tenía que ser yo.

—¿Por qué?

—Mató a mi madre. —Envalentonado por tener un aliado, señaló con el dedo a Delmer—. Tú mataste a mamá.

Delmer ladeó la cabeza como en un intento de esquivar la verdad de aquellas palabras. Tenía una muñeca enganchada a la silla con unas esposas metálicas.

—¿Trajiste tú esas esposas? —le preguntó Mick a Frankie.

—Sí, las tenía Wade.

—Dame la llave.

Frankie hurgó torpemente en el bolsillo del pantalón y sacó una reluciente llave de plata. La única punta en el extremo de la pluma indicaba una traba de baja calidad, del tipo de las que se compran por Internet.

—Tírala al suelo —dijo Mick.

Frankie obedeció. La llave rebotó un par de veces y se quedó brillando en el polvo.

—No tienes que matarlo —dijo Mick.

—Ojo por ojo, diente por diente. Lo pone bien clarito en el Buen Libro.

—Hay cosas que no aparecen en la Biblia, ¿sabes? Cosas que en esa época no existían.

—¿Como los ordenadores y los coches?

—Como las prisiones estatales —dijo Mick—. Piensa en cómo va a ser la vida de Delmer allí dentro. Todos los presos tienen madre. Se enterarán de lo que hizo y no les gustará. Le reventarán los dientes. Le quitarán la ropa y la comida. Lo único que tú podrías hacer es quitarle la vida. ¿Te bastaría con eso?

—Sí.

—Entonces acabarás en prisión y te pasará tres cuartos de lo mismo.

Frankie se quedó callado, tratando de asimilar la información y el repentino cambio de escenario. Le sobrepasaba y había sucedido demasiado rápido. Quería irse a casa y ponerse a jugar con la videoconsola en la cama. Temía a Wade, pero aquel desconocido le daba aún más miedo.

Mick miró a Delmer y se dirigió a él.

—¿Cuánto tiempo lleva este muchacho aquí?

—Alrededor de una hora —dijo Delmer.

—Una hora —dijo Mick—. Frankie, no creo que quieras dispararle, de lo contrario ya lo habrías hecho. ¿Me equivoco?

Frankie asintió miserablemente.

—Eres una buena persona, no un asesino. Así que dime por qué has venido en realidad.

—Wade me dijo que podía quedarme la camioneta si lo hacía.

Mick hizo una mueca. En Kabul había interrogado a un joven afgano tras un intento fallido de atentado suicida en un mercado. El chaval había sido un peón de los adultos, un inocentón manipulado para el sacrificio. A Mick le repugnó entonces y le seguía repugnando en aquel momento.

—Levántate —dijo.

A Frankie le corría el sudor por el borde de las cejas y se lo secó dejándose manchas de suciedad en la frente. A su cuerpo, de bajo peso, le quedaba la ropa suelta. Necesitaba un corte de pelo y olía mal.

—Vete a casa —dijo Mick.

—¿Y qué les digo a Wade y al resto?

—Lo que quieras. Pero no hables con nadie más, ¿me oyes? Solo con tu familia.

Frankie asintió y se dio la vuelta, apartando la mirada como un perro al que han pillado revolviendo la basura. Desde la puerta, Mick lo observó alejarse por el patio arruinado, al principio a paso lento y luego acelerando a medida que avanzaba. Coronó la pequeña loma y descendió, y su cuerpo fue perdiéndose gradualmente hasta que solo se le vio la cabeza, y finalmente nada.

Delmer se hallaba en peor estado que Frankie, picaduras de insectos, ojeras por falta de sueño y ropa sucia. En una mesa improvisada había latas vacías de atún, botes de refrescos y bolsas de patatas fritas. Mick le ofreció su cantimplora. Ante el inmediato asentimiento de Delmer, Mick desenroscó el tapón y se la acercó a los labios. Delmer bebió con avidez hasta que el agua se le escurrió por la barbilla dejando regueros en la suciedad.

—Tienes un solo brazo esposado a la silla —dijo Mick—. Podrías haberte puesto de pie y haberle descalabrado.

—Estaba esperando la oportunidad.

—¿Mataste a Nonnie?

Delmer asintió.

—Habla, coño.

—Fue un accidente.

—Y una mierda —dijo Mick.

—No fue mi intención. Fue idea de ella. Algo que sacó de internet.

—A ver.

—Si no puedes respirar, se supone que es como la cocaína mientras follas. Eso es lo que me dijo. Yo no quería hacerlo.

—¿Y lo hicisteis? —dijo Mick.

—Sí. Nonnie era mayor que yo. Me dijo que ya lo había probado casi todo y que quería algo nuevo. Así que la estrangulé por detrás. Como esos luchadores de la UFC que salen en la tele.

—¿Mientras follabais?

Delmer asintió.

—¿Entonces qué pasó?

—Se desmayó y la dejé en el suelo. No se despertaba. No respiraba. Me asusté, me asusté un huevo, ¿sabes? —Miró a Mick como si buscara compasión—. Entonces salí por patas.

—¿Y qué hiciste con ella?

—La hice rodar por la ladera.

—¿Huiste a pie?

—No, me largué de Choctaw en coche.

—¿Viste a alguien?

Delmer asintió.

—¿A quién? —dijo Mick—. ¿A quién viste?

—A Cabronazo Barney.

Mick podía imaginarse el resto, pero quería que se lo confirmara.

—¿Volviste a casa? —dijo.

—No.

—¿A dónde fuiste?

—A casa del tío Murvil. Me mandó que me escondiera aquí. Dijo que él arreglaría las cosas.

La cara de Delmer se iluminó con un pensamiento repentino. Por un momento, se sintió aliviado. Estaba a salvo.

—Oye —dijo—. ¿Ha sido mi tío el que te ha enviado a buscarme?

Una tabla crujió en el exterior y Mick dio un paso a un lado, giró sobre una pierna y se acuclilló, con la pistola apuntando a la puerta.

—Hola —dijo un hombre desde fuera—. ¿Hay alguien?

Las tablas volvieron a crujir y el señor Tucker se plantó en la puerta, recortado contra el sol de la tarde. Llevaba un saco de arpillera al hombro. Sostenía una raíz de ginseng en una mano, el largo zarcillo aún manchado de tierra.

Mick bajó el arma y se incorporó. Tucker entró en la casa, sacudiéndose instintivamente las suelas de las botas en la inexistente alfombrilla.

—Señor Tucker —dijo Mick—. No ha aparecido en el mejor momento.

Tucker metió el ginseng en el saco. Sacó una 38 de cañón corto y disparó a Delmer tres veces en el pecho. Delmer cayó hacia atrás, arrastrando la silla con él. Se puso a dar sacudidas en el suelo y empezó a expulsar espuma roja por la boca. La sangre se extendió por el piso. Mick supo que tenía una hemorragia interna. Se agachó junto a él y aplicó presión en los orificios de entrada, un acto inútil, pero nunca estaba de más intentarlo. Vio morir al muchacho, luego se puso de pie y se encaró al anciano.

—Me acaba de poner en un aprieto —dijo Mick.

—No, creo que el que te ha puesto en un aprieto ha sido ese muchacho que está ahí tirado. Te he ahorrado trabajo.

—¿Por qué le ha disparado?

—Nonnie era prima segunda de mi mujer.

La cruda firmeza del tono del señor Tucker era dura como el hierro. Mick la reconoció de su propio abuelo, la misma convicción de propósito vengativo que se engendraba en las montañas. Si Mick se hubiera quedado allí, ahora sería igual que ellos. Se había marchado y lo echaba terriblemente de menos, pero cada vez que regresaba su único deseo era volverse a ir. Podía hacerlo y olvidarse de todo aquel asunto, o podía detener a Tucker.

—¿Cómo se encuentra su esposa? —dijo Mick.

—El médico le da una semana.

—¿Quiere estar con ella cuando se vaya?

—Me parece que sí.

—Entonces vuelva a su casa —dijo Mick—. Mantenga la boca cerrada y no le diga a nadie que me ha visto aquí.

Tucker asintió y se dio la vuelta.

—Espere un segundo —dijo Mick—. ¿Era usted el que estaba ahí fuera, en el bosque, cuando subía?

—Sí.

—No lo vi.

—Esa era la idea.

—¿Cómo lo hace?

—No lo sé —dijo Tucker—. Me sale solo.

Dejó caer la barbilla a modo de despedida y salió de la cabaña para adentrarse en el bosque. Mick lo vio partir, preguntándose qué clase de hombre habría sido Tucker antes de empezar a trabajar de conserje en el colegio. Una cosa estaba clara: matar no le resultaba ajeno. Había disparado a Delmer con la misma soltura con que se aplasta a una mosca.

Mick se sacó la camisa del pantalón y empleó el cuchillo para cortar un trozo del faldón. La llave seguía en el suelo. Sujetando las esposas con la tela de la camisa, liberó a Delmer de la silla. Envolvió las esposas en la tela y las metió en la mochila junto con la pistola de Frankie y la llave. En el suelo polvoriento se apreciaban huellas de cuatro botas diferentes. No había escoba en la casa. Mick se quitó la camisa y barrió sus huellas, dirigiéndose de espaldas hacia la puerta. Un ojo perspicaz se daría cuenta de que alguien había limpiado la escena del crimen, pero supuso que quien encontrara el cuerpo contribuiría al desbarajuste. En la puerta se fijó en las diminutas huellas de los pies del señor Tucker. Las borró.

Mick se quedó en el patio mirando la casa, el revestimiento envejecido, las ventanas rotas y el tejado remendado. Pensó en la familia Caudill: un hermano muerto, el otro desaparecido, y ahora un cadáver allí dentro. Si tenía que haber una casa embrujada, no cabía imaginarse mejor candidata.

Capítulo veintiséis

Mick salió del bosque, aparcó en el asfalto y se pasó varios minutos eliminando las huellas de los neumáticos. Una hora más tarde llegó a la propiedad de los Johnson, tocó el claxon y esperó. El sol se había ocultado tras el cerro occidental, sumiendo la casa en la sombra. La enorme F-150 estaba aparcada en el patio. Un ruiseñor comenzó a cantar. El último inadaptado, solo podía copiar a los demás y esperar que lo comprendieran. Mick llevaba sintiéndose así toda la vida.

Un movimiento de la cortina delató que alguien miraba. A los pocos segundos, Wade salió al porche. Mick bajó de la camioneta.

—¿Qué hay, Wade? —dijo.

—Aquí no eres bienvenido.

—Sí, ya me lo supongo. El caso es que te conviene hablar conmigo.

—No tengo nada que decir.

—Yo sí —dijo Mick.

—Pues suéltalo y lárgate de nuestra propiedad.

—Lo que tengo que decir os lo tengo que decir a todos. A ti, a los gemelos y a tu madre. A Frankie también. No te preocupes, no es nada malo.

Wade se quedó mirando el arce desde el que el ruiseñor seguía esforzándose por encontrar un amigo. Escupió en el patio y luego se encogió de hombros como si nada.

—Odio a ese maldito pájaro —dijo—. Se presenta aquí al caer la tarde, todos los días. Un cabrón de lo más enervante, pero mamá no me deja matarlo.

Entraron en la casa y Mick saludó con la cabeza a Lee Ann, que estaba sentada en una mecedora con un cojín floreado. Wade reunió a sus hermanos. Los gemelos ayudaron delicadamente a Frankie a sentarse en el sofá, solícitos como enfermeros. Mick los miró uno por uno. Sus rostros tenían una grave intensidad. Mick habló.

—Le disteis un arma a Frankie y lo lanzasteis sobre Delmer. Yo os lo envié de vuelta a casa. Estamos todos metidos en esto y ahora me propongo sacarnos. Pero tenemos que cooperar.

—¿Y qué pasa con Delmer? —dijo Wade.

—Delmer está muerto.

La tensión colectiva de la familia se aligeró un poco, produciendo una leve calma, como la que sigue a un temporal. Mick advirtió que concluían que él había matado a Delmer. Contaba con eso. Le tendrían miedo.

—Frankie nunca estuvo allí —dijo Mick, mirando a Wade—. No puede decirle a nadie que estuvo allí arriba.

Se miraron unos a otros, asintiendo.

—Frankie —dijo Mick—. ¿Entiendes lo que estoy diciendo? Tú no estuviste allí. Eso significa que tampoco me viste. Ni a Delmer. Si le cuentas a alguien lo contrario, te encerrarán durante una buena temporada.

Frankie asintió y Mick se volvió hacia Lee Ann.

—Señora —dijo—, puede que tenga que recordárselo. Eso va por todos. Como se vaya de la lengua, de aquí no se libra nadie.

—De acuerdo —dijo Wade.

Noel y Joel murmuraron su conformidad.

—¿Has oído a este hombre, Frankie? —dijo Lee Ann.

Frankie asintió sin levantar la mirada.

—Gracias —le dijo Lee Ann a Mick.

—No me dé las gracias todavía —dijo Mick—. No he terminado. Un día de estos encontrarán el cadáver y se pasarán por aquí. Yo mantendré a Frankie al margen, pero vosotros también tenéis que dejarme fuera a mí.

—¿Algo más? —dijo Wade.

—No, eso es todo.

Mick asintió a cada uno de los hombres por separado, y luego se dirigió a Lee Ann.

—Frankie es incapaz de matar a nadie —dijo Mick—. Creo que es un buen hombre. Con el tiempo, lo superará. Cuide de él.

Mick salió de la casa con Wade a la zaga. La noche era silenciosa, el ruiseñor se había llevado su soledad a otra parte. Mick abrió la puerta de la camioneta y agarró su mochila. Sacó el trozo de tela con las esposas.

—Estas esposas tienen las huellas de Frankie. Las tuyas también. Y tengo la pistola que le diste a Frankie. Si sale mi nombre a relucir, le hago llegar a mi hermana las esposas y la pistola.

—¿Serías capaz?

—A un sujeto que intentó canjear un asesinato por una camioneta le haría cosas mucho peores. ¿Entiendes lo que digo?

Wade asintió y Mick se subió a la camioneta. Se alejó del valle con las ventanillas bajadas, escuchando los grillos y las cigarras. Al llegar al asfalto, sacó el móvil de la guantera para llamar a Linda. Le contaría una historia incompleta, una que no incluyera al señor Tucker.

Su teléfono tenía un mensaje de voz de su mujer y tres mensajes de su hermana. Peggy estaba en el hospital.

Capítulo veintisiete

Mick estaba sentado con su hermana en la sala de espera del Centro de Salud St. Claire. Linda le explicó que Peggy había roto aguas antes de tiempo y que se temía por la salud del bebé. Debido a las complicaciones, a Mick no se le permitía estar con su mujer.

—Puede que tengan que llevarse al bebé —dijo Linda.

—¿Llevarlo a dónde? —dijo Mick—. ¿A Lexington?

—No, a la unidad especial de prematuros. Lo hacen para proteger al bebé. Se supone que es más seguro.

La única experiencia de Mick con la medicina profesional eran las pésimas condiciones de los hospitales de veteranos y las clínicas de las bases. El St. Claire estaba más limpio. La sala de espera contaba con sillones cómodos, máquinas expendedoras y un televisor sin sonido. Había otras personas preocupadas esperando a su alrededor. A pesar de la alegre decoración, en la sala reinaba una tensión palpable. Cada vez que pasaba una enfermera todos la miraban fijamente con la esperanza de recibir información.

—¿Sabías que este hospital se llama así por la doctora Louise? —dijo Linda—. Parece ser que ayudó a dar a luz a diez mil bebés antes de que construyeran este lugar. Claire es su segundo nombre.

Mick asintió.

—No era una santa —dijo Linda—. Existe una Santa Clara de verdad, solo que se escribe diferente. Clara, la patrona de la televisión.

—¿La televisión tiene una santa?

—Ya ves, se conoce que veía la misa por la tele cuando estaba enferma.

—¿Cómo sabes esas cosas?

—Estuve saliendo con un médico que trabajaba aquí. Era de Filadelfia. Hablaba muy rápido. Con un acento muy marcado y difícil de entender a veces.

—Supongo que lo vuestro no funcionó —dijo.

—Larry no se quedó mucho tiempo. Formaba parte de un programa para médicos con enormes facturas pendientes de la facultad. Se ve que los destinan a lugares donde se necesitan médicos, aquí o a las reservas indias, al delta del Mississippi. Trabajan un par de años y se les perdona la deuda. Al acabar aquí, aceptó un puesto en Wisconsin. Quería que me fuera con él.

—¿Y por qué no lo hiciste?

—Le dije que tenía que quedarme a ayudar a mamá, pero era mentira. La verdad es que no quería irme.

—A veces desearía no haberme ido yo. Todo esto es culpa mía, que Peggy esté aquí, me refiero.

—No te culpes.

Asintió.

—Larry tenía un montón de historias tronchantes —dijo Linda—. Una vez me contó que un hombre trajo a su mujer a urgencias. Le había mordido una serpiente. Larry preguntó qué tipo de serpiente. Dijo que era la cosa más divertida…

Su teléfono se puso a vibrar. Linda contestó, hablando en voz baja, y salió de la sala. Mick sabía que su hermana intentaba hacerle no pensar en Peggy y se lo agradecía, aunque fuese una tarea imposible. Su propio nerviosismo le sorprendía. Los padres expectantes incapaces de estarse quietos eran de lo más habitual, pero el bebé no era suyo. Tal vez fuera el entorno. Le disgustaba estar en un sitio cerrado, y los hospitales se llevaban la palma: pocas ventanas, colores anodinos, personal atareado caminando a toda prisa con pasos silenciosos.

Linda regresó con la cara desencajada, la piel tensa y la boca reducida a una línea afilada, como un tajo quirúrgico. La miró y esperó.

—Era Johnny Boy —dijo—. Necesito hablar contigo. Pero no aquí.

Mick la siguió por el amplio corredor a través de un laberinto de salas entrelazadas con puestos de enfermería situados en puntos estratégicos que daban paso a otros pasillos. Bajaron en el ascensor, cruzaron el nuevo pabellón y, por fin, salieron a la calle. Dos celadores fumaban y consultaban sus teléfonos. Linda continuó hasta el aparcamiento, donde pudo hablar con privacidad.

—Bobby está muerto —dijo—. Se colgó en la cárcel.

Mick asintió.

—Debería haberlo visto venir —añadió—. Advertírselo al carcelero.

—Ahora eres tú la que se culpa —dijo Mick.

—Tal vez sea eso lo que hacemos. La razón por la que ambos hemos acabado en este tipo de trabajos.

Mick caminó hasta el centro del aparcamiento. Miró hacia el este, luego hacia el oeste y, finalmente, hacia la negra ladera que ensombrecía el pueblo. La luna, en cuarto creciente, parecía de hueso.

—Aquí antes había una carretera —dijo.

—Hablas como el abuelo.

—Este hospital se adueña de todo lo que le rodea.

—Igual que la universidad al otro extremo del pueblo. Muy pronto no habrá nada más. El progreso nos está arruinando.

—Ahora eres tú la que habla como el abuelo —dijo Mick.

El ruido estridente de un camión de dieciocho ruedas que cambiaba de marcha resonó desde el acceso a la interestatal. Detrás irrumpió el agudo gimoteo de una motocicleta. Rizos de nubes que parecían humo se deslizaban por el cielo. Marte estaba en su sitio, como encajado en un enchufe. La muerte de Nonnie había provocado otras tres: Tanner, Delmer y, ahora, Bobby. Los vulnerables siempre morían pronto. La muerte engendraba muerte, y él había sido incapaz de detener su avance.

Se dirigió al límite del aparcamiento, donde los liquidámbares y los rosales silvestres se enredaban en la alambrada. Más allá, había una casita de madera. El hospital o la universidad no tardarían en llevársela por delante. Mick se sentía igual que aquella casa, atrapado entre fuerzas poderosas. Su carrera y su vida personal se apretujaban sin dejarle espacio para respirar. Se sentía asfixiado por su familia, por el pueblo, por su matrimonio, incluso por la diminuta cabaña del bosque.

A Linda le volvió a zumbar el bolsillo, la luz del móvil parpadeó a través de la tela del pantalón. Lo sacó y Mick se alejó, no quería saber nada de la siguiente pérdida. «Frankie», pensó, «seguro que es Frankie». La gente que se suponía que lo protegía lo veía como un peón, y ahora no era más que un estorbo.

—Mick —gritó su hermana—. ¡Es una niña!

Cruzaron corriendo el asfalto y volvieron a la planta de maternidad. Una enfermera les explicó que el parto había sido corto y rápido. El bebé estaba sano, era pequeño pero no se consideraba prematuro. A Peggy le habían puesto la epidural y luego una dosis de hidrocodona. El bebé estaba en la unidad de cuidados intermedios pero no tardaría en ser trasladado a la unidad de neonatos. La enfermera advirtió a Mick de que durante las siguientes horas Peggy estaría aturdida y débil.

Mick entró en la habitación y se la encontró ligeramente incorporada en la cama. Se mantuvo a distancia, consciente de la suciedad de su ropa y de su reciente proximidad a un asesinato.

—Estás aquí —dijo Peggy.

—Sí —susurró él—. Sí, sí…

Peggy le señaló el sofá que había junto a la ventana. En su lugar, Mick acercó una silla a la cama y le cogió la mano.

—Me alegro de que… —dijo ella—. No pensé que…

La voz se le apagó y se le cerraron los ojos.

—Tranquila —dijo él—. Estoy aquí.

El ritmo de su respiración adquirió la estabilidad del sueño, pero Peggy no dejó de apretarle la mano. Las diversas máquinas que la rodeaban emitían un zumbido que le resultó relajante. Quería permanecer en aquel estado de tranquilidad para siempre. Podía retirarse del ejército y abrir una tienda de botes y lanchas a orillas del lago Cave Run. Peggy se lo había sugerido años atrás. Él descartó la idea de plano, pero cuando el calor del desierto superaba los cuarenta y seis grados, solía imaginarse sentado en una silla frente al agua. En pocos años podría enseñar a la niña a pescar.

Se quedó amodorrado, y cada tanto, con el trasiego de las enfermeras, se desvelaba. Entró un médico, examinó las máquinas y se fue. Luego otra enfermera. Luego su hermana.

—Mick —dijo—. Mick, despierta. Tenemos un problema.

En alerta al instante, Mick siguió a Linda al pasillo. Una mujer con bata empujaba un carrito de comida por el inmaculado corredor. Desde una puerta abierta llegaba el bullicio excitado de una familia que celebraba la llegada de un nuevo miembro a sus filas. En el extremo más alejado, cerca del puesto de enfermeras, estaban Johnny Boy y el agente especial Wilson.

—Es el del FBI —dijo Linda—. Ha venido a arrestarte.

Mick asintió, preguntándose si ya habrían descubierto el cadáver de Delmer. Tucker no habría hablado. Tenían que haber sido los Johnson. Lo habían delatado.

—¿De qué se me acusa? —preguntó.

—De ausencia sin permiso. El ejército emitió la orden de arresto. Yo también recibí una notificación.

—¿Por qué no me lo dijiste?

—Iba a hacerlo —dijo Linda—. Pero entonces ingresaron a Peggy y decidí esperar.

—¿Dónde está la unidad de neonatos?

Linda alzó la mano en señal de espera a Johnny Boy y luego condujo a Mick en sentido contrario. Doblaron una esquina y entraron en una sala con un gran ventanal. Al otro lado había filas de cunas transparentes con los laterales altos, como acuarios. Cuatro estaban vacías. En el resto había bebés, la mayoría durmiendo, algunos conectados a monitores y dos llorando. En una había un cartel que decía HARDIN, NIÑA.

Mick se quedó tres minutos contemplando la sala, memorizando los contornos de la cabina y la posición del bebé. Su cara era pequeñita y estaba colorada. El pelo, del mismo color que su madre, le asomaba por debajo del gorrito blanco.

—Es preciosa —dijo Linda.

—Tengo que contarte un par de cosas.

—Será mejor que te des prisa. No sé cuánto tiempo esperará Wilson.

—Delmer Collins está muerto —dijo Mick.

—¿Quién lo mató?

—No habrá más muertes. Eso es lo importante.

—¿Dónde está el cadáver?

—En la vieja casa de los Caudill —respondió Mick.

—¿Y qué más voy a encontrarme allí?

—El coche de Delmer. Ni pruebas. Ni casquillos. Ni huellas.

—Fuiste tú, ¿verdad?

—Yo lo limpié. Pero no lo maté.

—¿Cabronazo Barney?

—No, tampoco. Con el área de descanso clausurada, va a necesitar un nuevo punto para sus tejemanejes. Si das con él y pones fin a todo el asunto, esos peces gordos te dejarán en paz.

—Lo tienes todo muy bien atado, ¿eh?

—En realidad no —dijo Mick—. Ojalá hubiera podido acabar con Murvil Knox.

—¿Quién mató a Delmer?

—Ahora no puedo decírtelo.

—¿Cuándo?

—Cuando muera el que lo mató. Ahora lo que necesito es que me hagas un favor.

—¿Qué?

—Dile a Peggy que la perdono.

—¿Algo más?

Miró el cartel rosa a través del cristal: Hardin, niña.

—Sí —dijo—. Dile que no voy a volver.

Salieron de la sala y recorrieron el anodino pasillo. Johnny Boy parecía abatido, los ojos de Wilson brillaban, sin embargo, con determinación.

—Tengo que encerrarle —dijo Wilson.

—A ver los papeles —dijo Mick.

—Están en el coche.

—Yo tengo aquí los míos —dijo Linda. Se sacó un fajo de documentos del bolsillo de la chaqueta—. Los mandaron por fax. Todo es oficial, Mick.

Linda le dedicó a Wilson una sonrisa tensa, sin el menor rastro de humor.

—Es mi detenido —dijo.

—El FBI tiene jurisdicción —replicó Wilson.

—No, no la tiene —dijo Linda—. Estás aquí para ayudar. Eso fue lo que me dijiste. Tu jefe Murvil Knox me lo dejó bastante claro.

—Murvil no es mi jefe.

—Fue el que te trajo aquí. Estás a su servicio. Eres su mascotilla federal.

—Mis órdenes proceden de la oficina de Louisville —dijo Wilson—. Ahora mismo voy a arrestar a su hermano por ausentarse sin autorización oficial. Es un delito federal. Y yo soy un agente federal.

—Y yo la sheriff del condado de Eldridge. —Se golpeó la palma de la mano con la orden de arresto. Endureció la voz—. Y tú estás interfiriendo en mis funciones.

—Se arrepentirá de esto —dijo Wilson.

—Lo añadiré a la pila —dijo ella—. Pero de lo que más me arrepiento es de haberme visto obligada a trabajar contigo.

Linda dio un paso al frente, acercándose a Wilson a un brazo de distancia. Mick había visto ese tipo de enfrentamientos docenas de veces, motivados por el orgullo, el ego y la arrogancia. Las personas que se creen moralmente superiores son las más peligrosas. Y aún peor, imprevisibles. Linda dio otro paso y Wilson retrocedió.

—Hermanita —dijo Mick—. Tal vez deberías dejar que lo haga.

—Cierra el pico un momento —dijo ella—. Déjame pensar.

El sistema de megafonía del hospital solicitó la presencia de un médico en urgencias. Una enfermera empujaba un ordenador acoplado a un carrito, las ruedas rodaban sin hacer ruido. Los cuatro formaban un tenso círculo. Había varias personas mirando.

—Johnny Boy —dijo Linda—, ¿tu teléfono tiene cámara?

—Por supuesto.

Linda asintió, aún pensativa, y luego miró a Wilson.

—Voy a esposar a Mick y a llevarlo fuera —dijo—. Johnny Boy nos va a sacar un montón de fotos por el camino, solo a Mick y a mí. Cuando salgamos, te entregaré a mi hermano. Tú te llevarás todo el crédito oficial y yo me libraré de ti de una puta vez.

—¿Y las fotos para qué? —dijo Wilson.

—Johnny Boy las mostrará por ahí. Hará que publiquen una en el periódico. Todo el mundo sabrá que fui yo quien lo detuvo.

—Inteligente —dijo Mick—. Desde el punto de vista político, no está nada mal. Serás la sheriff que arrestó a su propio hermano.

—Puede que así el alcalde deje de tocarme las narices.

—Todos te temerán —dijo Mick—. Eso está bien.

Mick miró a Wilson, a la espera. Sabía que fingiría pensárselo un rato para conservar una ínfima pizca de dignidad. Transcurrieron veinte segundos antes de que se encogiera de hombros. Linda le puso las esposas a su hermano. Los cuatro avanzaron por el pasillo, Wilson al frente y Johnny Boy de espaldas disparando múltiples ráfagas de fotografías. Mick mantuvo el rostro orientado hacia el objetivo deliberadamente.

Después de un viaje silencioso en el ascensor, tomaron el camino más largo para salir del hospital, pasando por delante de gente que Mick recordaba del instituto: pacientes, enfermeras, celadores y personal de admisión. La señora mayor que vendía flores desde un pequeño recoveco había conocido a su madre. Todo el mundo lo vio detenido por su hermana. Se correría la voz por todo el condado. Probablemente la noticia ya estaría colgada en las redes sociales.

Cruzaron el aparcamiento hasta el coche de Wilson. Linda le quitó las esposas.

—¿Y ahora qué? —le preguntó a Wilson.

—A la prisión militar de Fort Campbell —dijo este.

Y movió la mano hacia la funda de las esposas que llevaba en el cinturón.

—Es un trayecto largo —dijo Mick—. Nada de esposas. Te doy mi palabra de que no me fugaré. O podemos dejar que la sheriff se encargue del arresto. Tú mismo.

Wilson asintió de mala gana.

—Hermanita —dijo Mick—. Recordarás este día como el mejor de tu vida. Al final conseguiste dominarme.

—Tal vez —dijo ella, y forzó una sonrisa—. Puede que sí.

Se dirigieron en grupo a la camioneta de su abuelo, donde Mick recuperó su mochila. Le dio las llaves de la camioneta a Linda.

—Dile a Peggy lo que te dije.

—Vale —dijo Linda—. Y oye, Wilson. Procura mantenerte alejado de mi condado.

Mick sonrió y asintió a Johnny Boy. Rodeó el coche y esperó a que Wilson desbloqueara las puertas. El viaje duró casi seis horas con una parada para comer y repostar. En ningún momento se dirigieron la palabra.

Durante el trayecto, Mick se dio cuenta de que, salvo por los proyectos domésticos compartidos, su matrimonio había terminado hacía años. Había creído que aquello bastaría. Tal vez fuese un ingenuo. La gente se casaba cuando era joven y optimista, después o bien acababan enredándose como rosales o bien cada uno crecía a su aire, como las malas hierbas. Creyó ser capaz de soportar los escarceos de su mujer con otro hombre, algo físico que carecía de implicación emocional, pero un bebé era otra cosa. Habían vivido separados más de la mitad de su matrimonio, lo que significaba que ambos lo preferían así. Él veía como una tara personal el hecho de huir cuando las cosas se ponían difíciles.

Quería ser el tipo de persona capaz de aceptar al hijo de otro hombre. Era un gesto noble y honorable. Pero sabía que cada vez que mirara a aquella niña recordaría la traición de su mujer. Y no quería que su resentimiento y su dolor se infiltrasen en la vida de la pequeña. Dado su historial, sería un padre lamentable para su propia hija, no digamos ya para la de un extraño. Su matrimonio había acabado y ahora abandonaba el país bajo riesgo legal. Y lo peor era que había sido incapaz de detener la cadena de asesinatos. Había fracasado en todos los frentes.

Capítulo veintiocho

Fort Campbell se encuentra a caballo entre los estados de Kentucky y Tennessee, y es la sede de la 101ª División Aerotransportada y del 5º Cuerpo de Fuerzas Especiales. Mick había asistido allí a la escuela de salto y luego había completado el curso SPIES/FRIES* de inserción y extracción de zonas conflictivas. Wilson había llamado antes para obtener autorización; iban a llegar sobre las 23:00h, lo que implicaba que tendrían que conducir otros veinte minutos hasta el acceso por el helipuerto de la base. En cuanto entraron, Mick se relajó de un modo instintivo. Estaba en casa.

Wilson siguió las indicaciones de Mick hasta el edificio que albergaba al 502º Batallón de la Policía Militar. Salieron del vehículo y se estiraron. Un cabo rellenó el papeleo de traslado de prisioneros y le entregó una copia a Wilson.

—Cabo —dijo Mick—. Dese la vuelta.

—¿Señor?

---

* SPIES (Special Purpose Insertion Extraction System) y FRIES (Fast Rope Insertion Extraction System). Dos maniobras militares de descenso y ascenso de helicópteros para patrullas de reconocimiento en zonas en las que resulta imposible aterrizar.

—Soy su superior. Dese la vuelta.

Frunciendo el ceño, el cabo se desplazó para mirar hacia otro lado. Mick le encajó a Wilson un rápido gancho de derecha en el estómago. Se le escapó el aire de los pulmones y se dobló sobre sí mismo, tratando de respirar. Mick se inclinó hacia él.

—Eso por Tanner Curtis —dijo.

El cabo, sonriente, acompañó a Mick al despacho del teniente coronel McVey, el director de la prisión militar. La estancia era sobria y sencilla, como a Mick le gustaba. Había una bandera estadounidense, una fotografía del presidente y una gran insignia con el escudo y el lema de la División de Investigación Criminal: «Hacemos lo que tenemos que hacer».

En ningún momento de las últimas tres semanas Mick se había sentido tan cómodo. Pese a no ir de uniforme, saludó y se puso en posición de firmes.

—Descanse —dijo el coronel.

Mick colocó el pie izquierdo en paralelo al hombro, se llevó los brazos a la espalda y entrelazó los pulgares. El coronel se puso a revisar el expediente que tenía delante, echándole de vez en cuando una mirada perspicaz al soldado.

—Suboficial mayor Michael Hardin —dijo McVey—. ¿Sabe por qué está aquí?

—Ausencia sin permiso, señor. Esposa embarazada. Ha dado a luz esta tarde.

—Felicidades. Pero ese no es el motivo.

Mick asintió una vez, a la espera.

—Su oficial al mando quiere que regrese lo antes posible. Un triple homicidio en Camp Darby, en Italia. Tengo que embarcarle en el primer avión disponible. Hay un vuelo dentro de dos horas. Está de suerte. De haber llegado más tarde, habría tenido que esperar una semana bajo custodia. Dispone de tiempo para comer y ducharse. Le vendría bien ropa limpia.

Estudió a Mick con atención.

—¿Qué le ha pasado en el brazo?

—Me mordió una mula, señor.

—Vaya a ver al médico.

—Sí, señor.

—Es una orden, mayor. En Afganistán las utilizábamos para transportar los M240, las bandas de munición y los misiles antitanque. Mal bicho. Llevan la enfermedad encima.

McVey se reclinó en la silla.

—Tome asiento —dijo.

Mick se sentó en la silla de madera que había frente al escritorio del coronel.

—Estuve destinado en la Roca —dijo McVey, recurriendo al término afectuoso para referirse a la guarnición de Baumholder, en Alemania—. Bonito territorio. Un pueblo divertido. Buena cerveza. Conozco a su superior, el coronel Whitaker. El mejor hombre bajo el que he servido.

—Sí, señor —dijo Mick—. Lo mismo digo, señor.

—Su historial es impresionante. —Abrió el archivo—. Medalla del Soldado. Estrella de Plata. Corazón Púrpura. Y la mayor tasa de casos resueltos de la División de Investigación Criminal. Si se cansa de Europa, a mí no me vendría nada mal un hombre con sus habilidades.

—Gracias, señor.

—Puede retirarse.

Mick se puso de pie, saludó y se dirigió a la puerta; lo detuvo la voz del coronel.

—Una cosa más, mayor. Salude a mis hombres antes de irse.

—¿Señor?

—Es usted una leyenda en la División. Algunos solicitaron el ingreso debido a su ejemplo.

—Sí, señor —dijo Mick y salió del despacho.

Dos horas más tarde subió al avión con ropa limpia y un vendaje nuevo en el brazo. Tras el despegue, durmió durante tres horas seguidas. El resto del trayecto estuvo dándole vueltas a la anécdota que Linda no había acabado de contarle, la de la mujer con la mordedura de serpiente en la sala de urgencias. Como un rompecabezas, la consideró desde todos los ángulos posibles. Seguramente era graciosa, o daba al final un giro gracioso, pero no lograba imaginárselo. Una mordedura de serpiente no tenía nada de gracioso.

Fin

Agradecimientos

Por la generosidad de su tiempo y la ayuda con los detalles militares, vaya mi agradecimiento al sargento de primera clase Levi S. Houston. Por la ayuda con los detalles relacionados con las fuerzas del orden, vaya toda mi gratitud al comisario Jim Hyde (retirado) del departamento de policía de Bowling Green. Cualquier error que haya podido cometer es única y exclusivamente mío.

Por el generoso apoyo y las sugerencias editoriales, deseo dar las gracias a las siguientes personas: Amy Hundley, Nicole Aragi, Kathi Whitley, Randy Ryan, Bill Boyle, Michael Farris Smith, Ivo Kamps, Diana Schutz, Ari Friedlander y Levi Henriksen.

También estoy en deuda con los miembros, antiguos y en activo, de la Mafia Haldeman de las montañas del este de Kentucky.

Y, sobre todo, gracias a Melissa Ginsburg, poeta, novelista y amiga.

**Obras de Chris Offutt publicadas
en Sajalín editores**

Kentucky seco (3ª ed.)
Lejos del bosque (2ª ed.)
Noche cerrada (4ª ed.)
Los cerros de la muerte (4ª ed.)
Los hijos de Shifty
La ley de los cerros